Wolfgang A. Werwolf

Alter
Wurde vor 356 Jahren von einem Werwolf gebissen und ist seitdem selbst einer.
Besondere Kennzeichen
Frisst immer Schnitzel mit Ketchup. Nur in Vollmondnächten bekommt er Heißhunger auf Menschen.
Mag nicht
Jäger mit Silberkugeln und Zahnärzte
Mag gerne
Rockmusik und schwere Motorräder

Alter
44
Besondere Kennzeichen
Hühnerauge an der kleinen Zehe
Mag nicht
enge Schuhe
Mag gerne
Kuschel-Pantoffeln

Füsschen

5. Auflage 2024

ISBN 978-3-7641-5044-0

Lektorat: Maurice Lahde
Satz: grafik design jeannette pobst, Wien

Druck und Bindung: Finidr, s.r.o., Český Těšín

www.ueberreuter.de
www.thomasbrezina.com

ALLE MEINE MONSTER

THOMAS BREZINA

DAS GEHEIMNIS DER GRÜNEN GEISTERBAHN

ILLUSTRATIONEN VON PABLO TAMBUSCIO

ueberreuter

Geisterbahn
geschlossen

EINE SCHAURIGE WETTE

Der giftgrüne Lack der alten Geisterbahn war matt und brüchig, und vom Dach glotzten zwei schlappe, graue Skelette herab. Ihre klapprigen Knochenhände schwankten kraftlos im Wind. Gruselig sahen sie überhaupt nicht aus. Aber das mussten sie auch nicht mehr. Die grüne Geisterbahn war nämlich vor einem Jahr völlig ausgeräumt und zugesperrt worden. Alle Fenster und Türen waren zugenagelt, und der Eingang war mit schweren Ketten und Schlössern abgesperrt. Achtlos eilten die Besucher des Rummelplatzes an dem grünen Gebäude vorbei. Dabei verbarg sich in der Geisterbahn ein Geheimnis. Ein großes, gruseliges Geheimnis, von dem niemand etwas ahnte.

Auch Max ahnte nichts, als er am Sonntag mit seiner großen Schwester Dodo auf den Rummelplatz kam. Dodo war um vier Jahre älter als er und eine Schreckschraube der schlimmsten Sorte. An diesem Sonntag hatte sie sich heimlich mit einem Jungen aus ihrer Klasse auf dem Rummelplatz verabredet. Er hieß Egon, und Dodo fand ihn sehr „süß und schnuckelig". Als sie aufbrechen wollte, hatten ihre Eltern aber darauf bestanden, dass sie Max mitnahm. Dodo war darüber ziemlich wütend.

„Immer muss ich den Babysitter spielen!", hatte sie geschimpft. Händchen haltend schlenderte sie nun mit Egon zwischen den Schießbuden und Fahrgeschäften herum.

„Bleib immer drei Schritte hinter mir, sonst knallt's!", hatte sie ihrem kleinen Bruder eingeschärft.

Max hörte ihr ewiges Keifen schon gar nicht mehr. Neugierig musterte er die Attraktionen des Rummelplatzes. Sein Vater hatte ihm zehn Euro mitgegeben, und Max überlegte, was er damit anstellen sollte.

Ganz zufällig streifte sein Blick auch die grüne Geisterbahn und blieb augenblicklich daran hängen.

Max spürte, wie ein glühender Blitz durch seine Arme und Beine zuckte. Das … das war doch nicht möglich!
Ein Fuß … ein einzelner Fuß ohne Körper lief durch die Hintertür heraus, die einen Spaltbreit offen stand, und trippelte auf und ab. Max rieb sich die Augen, aber er hatte sich nicht getäuscht. Ein Fuß … dort lief ein Fuß ohne Körper. Überm Knöchel trug er eine Bandage, und ein Ende flatterte beim Laufen hinterher. Plötzlich schoss eine dicke, grüne Hand aus der Geisterbahn, die den Fuß einzufangen versuchte.
„Do…Do…Dodo!", schrie Max und riss seine große Schwester an der Jacke.
Stöhnend drehte sich das Mädchen um. „Was ist, Winzling?", fuhr sie ihren kleinen Bruder an.
„Do…do…do…dort bei der Geisterbahn … sieh mal!"
Dodo drehte missmutig den Kopf und zuckte mit den Schultern. „Was soll dort sein?", schnaubte sie.
Max blickte zur Tür – und riss erstaunt die Augen auf. Der einzelne Fuß war fort. Auch die grüne Hand war nicht mehr zu sehen. Nur die Tür stand noch immer ein klein wenig offen.

„Dort war ein Fuß …!“, stammelte Max.
Egon tippte dem Jungen an die Stirn und spottete: „Und da drinnen nisten zehn Meisen! Du spinnst ja, Kleiner!“
Max begann vor Wut zu zittern. Er hatte alles genau gesehen. Dieser Kerl sollte unter seiner Baseballkappe nicht so widerlich grinsen.
„Der Winzling sieht überall Gespenster!“, meinte Dodo spöttisch. „Max lässt in seinem Zimmer nachts immer ein Licht brennen! Wenn es ein Gewitter gibt, schläft er bei Mami, und wenn er am Abend allein zu Hause bleiben muss, sperrt er sich in der Toilette ein!“
Egon brach in schallendes Gelächter aus. Max wurde noch wütender.
„Dodo … das … das ist gemein. Das darfst du nicht erzählen!“, zischte er.
Max war knallrot angelaufen und kämpfte mit den Tränen.
„Das ist … alles nicht wahr!“, stieß er hervor, aber es klang nicht sehr überzeugend.
Dodo schubste Egon mit dem Ellenbogen und zwinkerte ihm verschwörerisch zu. „Ich wette, der Winzling traut sich nicht

in die leere Geisterbahn!", säuselte sie. Max spürte, wie sich jedes einzelne seiner hellblonden Haare sträubte. „Und ich wette, er hält es keine halbe Stunde in dem Haus aus, weil er sich vorher in die Hose macht!" Egon nickte grinsend.

Max wäre am liebsten fortgerannt, aber das hätte ihn später noch wütender auf sich selbst gemacht. „Wetten, dass ich in die Geisterbahn gehen und eine halbe Stunde drinnen bleiben kann!", rief er trotzig.

Dodo belächelte ihn von oben herab. „Um was wetten wir?", fragte sie.

Max hatte plötzlich einen dicken Kloß im Hals, aber er wollte unter keinen Umständen als feige gelten. „Wenn ich ... drinnen bleibe ... dann bekomme ich ... von dir zwanzig Euro!", keuchte er. Max war sicher, dass Dodo niemals so viel Geld aufs Spiel setzen würde. Doch er irrte sich.

„Abgemacht!", antwortete seine große Schwester. „Und wenn du verlierst, musst du mir dein neues Computerspiel geben!" Sie streckte Max die Hand hin, aber der zögerte.

Egon beugte sich zu ihm und zischte: „Na, Wimmer-Winzling? Traust du dich doch nicht?"

Nein, so ließ sich Max nicht nennen. Er schlug ein. Die Wette galt.

Max sah auf seine Uhr. Es war sieben Minuten nach vier. Um vier Uhr siebunddreißig durfte er wieder heraus.
„Tschüss, kleiner Bruder!“, rief ihm Dodo nach, als er auf den offenen Hintereingang der Geisterbahn zuging.
„Das hast du gut gemacht!“, hörte Max Egon flüstern. „Jetzt sind wir endlich mal ungestört.“
Wütend drehte sich Max um und schrie: „Ich weiß sowieso, dass ihr nur knutschen wollt!“
Dodo und Egon zuckten erschrocken zusammen.
„Na, hat dich schon der Mut verlassen?“, ätzte die große Schwester.
„Nein!“, krächzte Max, der plötzlich keine Stimme mehr hatte. Er holte noch einmal tief Luft und schlüpfte dann blitzschnell in das dunkle Gebäude. „Du Idiot, wieso machst du das?“, fluchte er leise vor sich hin.

Wenigstens fiel ein bisschen Licht durch die offene Tür herein. Max wollte sich gerade in dem Raum umsehen, in dem er sich befand, als hinter ihm die Tür zugeworfen wurde. Mit einem lauten Knall fiel sie ins Schloss, und Max blieb das Herz stehen. Draußen knirschte und knarrte es – der schwere Holzriegel wurde vorgelegt.

HORROR!

Max drehte sich erschrocken um und hörte draußen das gemeine Gelächter von Egon und Dodo. Mit beiden Fäusten trommelte er gegen die Tür und flehte: „Bitte macht auf! Das war nicht ausgemacht!"
„Aber Brüderchen, ich will doch, dass du die Wette gewinnst und bestimmt nicht herauskommst, bevor die halbe Stunde um ist!", zwitscherte Dodo mit gespielter Freundlichkeit. So eine Schlange!

Max presste sich an die Wand der Geisterbahn und starrte in die Finsternis. Wie eine eiskalte Spinne kroch ein Schauer über seinen Rücken hinauf zu seinem Hals und zwischen seine Haare. Langsam ließ er sich zu Boden sinken. Er warf einen Blick auf das Leuchtzifferblatt seiner Uhr und schluckte. Es war erst eine Minute vergangen. „Du brauchst keine Angst zu haben!“, sprach Max sich leise Mut zu. „Das ist ein leeres Haus, sonst nichts! Hier ist niemand!“

Kaum hatte er das gesagt, berührte ihn etwas Raues, Kaltes am Arm. Max sprang entsetzt auf und stieß einen langen Schrei aus.

„Hallo, Frank Steinchen, bist du das?“, fragte eine hohe Stimme neben ihm. Max stand wie angewurzelt da und schrie, bis ihm die Luft ausging.

„Iiiiiiiiiiiii!", äffte ihn die hohe Stimme nach und sagte ärgerlich: „Frank, du weißt genau, dass ich Geschrei nicht vertrage! Sag, hast du einen Menschen mitgebracht, den Wolfi fressen kann? – He, Frank Steinchen, nun sag doch endlich was!"
Als niemand antwortete, meinte die Stimme: „Boris, mach doch mal Licht! Hier stimmt etwas nicht."

Ungefähr zehn Schritte entfernt flammte ein bläuliches Licht auf und erhellte das grüne Gesicht eines Monsters. Sein Kopf war eckig, und über seine Stirn zog sich eine breite, rote Narbe.

„Luzilla, das ist gar nicht Frank Steinchen!", grunzte das Monster hohl und musterte den Jungen neugierig. Max starrte es mit weit aufgerissenen Augen an und taumelte wie eine Schießbudenfigur hin und her. Neben ihm ertönten schlurfende Schritte, und im blauen Lichtschein tauchte eine Eidechse auf, die auf zwei Beinen ging und mindestens so groß war wie Max. Ihre Augen und ihr Maul waren riesig, und über ihren Körper spannte sich eine schuppige, grüne Haut.

Endlich konnte sich Max wieder bewegen. Er holte tief Luft und stieß erneut einen Schrei aus.

„Entschuldigung, ich wollte Sie nicht erschrecken!“, brummte das Monster verlegen und drehte an den dicken Schrauben, die seitlich aus seinem Hals ragten. Es machte klick!, und das Licht erlosch.

Max drehte sich wie ein Kreisel in der Dunkelheit. Raus, nur raus hier! So schnell wie möglich!

„Boris, wer ist das?“, fragte die Eidechse mit der hohen Stimme. In diesem Moment knarrte es hinter Max. Ein heller Lichtstreifen fiel in den Raum. Max drehte sich um und machte vor Freude fast einen Luftsprung. Die Tür wurde geöffnet. Dodo hatte ihn wohl gehört und Mitleid mit ihm bekommen. Sollte sie doch sein Computerspiel haben! Max hielt es keine Sekunde länger in der Geisterbahn aus. Er stürmte los.

Zu spät erkannte er die kleine Gestalt, die sich in die Geisterbahn zwängte. In der Tür krachte er mit ihr zusammen und stieß sie zu Boden. Max starrte auf einen Jungen, der ungefähr in seinem Alter war.
Er trug einen Anzug aus Samt, der mindestens hundert Jahre alt sein musste. Obwohl sein Gesicht noch jung war, hatte er bereits graues Haar. Max stieg über ihn hinweg und raste ins Freie.
Nur wenige Schritte von der Geisterbahn entfernt standen Dodo und Egon. Der schlaksige Kerl

mit der Baseballkappe hatte Max' große Schwester umarmt und presste seine Lippen auf Dodos Mund.
„Dodo … Dodo … Hilfeeeee!", schrie Max.
Dodo ballte ihre Hände zu Fäusten und bebte vor Zorn.
„Ich habe gewusst, dass du verlierst, du Jammerlappen!", tobte sie. „Aber wie … wie bist du aus der verriegelten Geisterbahn herausgekommen?"
Max deutete auf die Tür und keuchte: „Da ist … ein Junge mit grauen Haaren … und ein Frankensteinmonster … und eine Rieseneidechse!"

Egon und Dodo brachen erneut in schallendes Gelächter aus.

„Der Winzling hat nicht alle Tassen im Schrank!“, gluckste Egon.

„Dein Computerspiel gehört auf jeden Fall mir!“, zischte Dodo.

„Doofe Knutschkuh!“, schrie Max. „Da drinnen will jemand einen Menschen fressen, kapierst du nicht?“ Dieser Satz löste bei Dodo und Egon den nächsten Lachkrampf aus. Max zitterte vor Angst und Zorn. Er drehte sich um und lief davon. Er spürte, dass er gleich anfangen würde zu heulen, und das sollte niemand sehen.

„Den Quälgeist wären wir los. Und zu Hause kann ich erzählen, dass er davongerannt ist. Dann schimpfen Papa und Mama mit ihm und nicht mit mir!“, sagte Dodo zufrieden.
Egon kicherte hämisch und meinte: „Komm, ich spendiere dir eine Zuckerwatte!“
Max aber war nicht weit gerannt. Er stand bei der Achterbahn und konnte seinen Blick nicht von der Geisterbahn wenden. War er tatsächlich verrückt? Sah er Gespenster, wo es gar keine gab?

MAX, DIE HAUPTSPEISE

Max lief mehrere Male um die grüne Geisterbahn herum, dann blieb er unentschlossen vorm Eingang stehen. Er zitterte noch immer vor Angst und Aufregung. „Feigling!“, schimpfte er mit sich selbst. Mutiger wurde er davon aber auch nicht. Sollte er zur Polizei gehen? Die würden bestimmt auch nur lachen. Und Max war auch nicht mehr ganz sicher, ob er das alles wirklich gesehen hatte. In seinen Armen und Beinen kribbelte es, als wären Tausende Ameisen darin. Er konnte nicht mehr stillstehen und ging unruhig auf und ab. Was jetzt? Irgendetwas musste er machen!
Ein Foto! Das war der Beweis dafür, dass er sehr wohl alle Tassen im Schrank hatte.

„Das … das schaffe ich … ich muss gar nicht in die Geisterbahn hinein. Ich reiße nur die Tür auf … drücke ab und habe das Bild. Dann kann ich sofort wieder weglaufen!“, versuchte er sich zu beruhigen. Das Einzige, was ihm fehlte, war ein Fotoapparat.
Max hastete zwischen den Buden hin und her und schaute sich um. Er hatte Glück! In einer Schießbude entdeckte er eine alte Sofortbildkamera. Sie war über einer Zielscheibe befestigt und sollte den Schützen beim Volltreffer automatisch knipsen. Es kostete Max sehr viel Überwindung, den Budenbesitzer anzusprechen. Er sah nicht gerade freundlich aus. Missmutig kaute er an einem Zigarettenstummel und hielt nach Kundschaft Ausschau.
„Sie … Entschuldigung … bitte … ich …!“, stammelte Max.
Der Mann warf ihm einen geringschätzigen Blick zu.
„Du bist zu klein zum Schießen, hau ab!“

„Ich … ich will nicht schießen. Bitte borgen Sie mir die Sofortbildkamera!“, stieß Max hervor.

„Du spinnst ja wohl“, zischte der Mann. „Verzieh dich!“ Max wollte sich schon abwenden, wie er es sonst immer tat, wenn jemand unfreundlich zu ihm war. Aber diesmal ging es um den Beweis, ob er tatsächlich einen Knall hatte oder nicht. Außerdem stand vielleicht ein Menschenleben auf dem Spiel. Deshalb zog er den Zehn-Euro-Schein aus der Tasche, den er von seinem Vater für den Rummel bekommen hatte. „Ich bezahle auch dafür!“ Das Geld lockte den Mann, und da ohnehin zurzeit niemand schießen wollte, nahm er die Kamera von der Wand. „Ist aber nur noch ein Bild drauf!“, meinte er.

„Das genügt“, antwortete Max.

„Aber woher soll ich wissen, ob du mir das Ding zurückbringst?“ Max bückte sich und hob sein Skateboard auf, das er immer bei sich hatte.

„Da, ich gebe Ihnen das als Pfand.“

Damit war der Mann einverstanden.

Max huschte zur Geisterbahn zurück. Er schlich auf Zehenspitzen zur Rückseite und presste sein Ohr gegen die Tür. Der Riegel war geöffnet, und die Schlösser lagen auf dem Boden.
Nichts war zu hören. Sollte die Geisterbahn tatsächlich leer sein? Max hastete weiter und lauschte an der Seitenwand. Hier tat sich etwas. Es war ein Schaben und Kratzen, ein Keuchen und Hecheln zu vernehmen.
Das klang nach einem Tier. Ein großer Hund vielleicht? War das „Wolfi"?
Max eilte zurück zur Hintertür, und diesmal hörte er jemand reden. Da war die helle Stimme dieser … dieser Rieseneidechse und die hohle, etwas dümmliche des Frankensteinmonsters. Und jetzt kam noch eine dritte

Stimme hinzu. Das war bestimmt der Kerl, den Max umgerannt hatte.

„Wie stellen Sie sich das vor, Fräulein Luzilla? Ich kann nicht einen Menschen hierherzerren und an Wolfgang Amadeus verfüttern!"

„Aber wieso lassen wir nicht einfach die Tür offen stehen und warten, bis sich jemand hierher verirrt?", schlug die hohe Stimme vor. „So wie vorhin das Bürschchen! Ich finde, wir sollten den Zufall entscheiden lassen, wen Wolfi fressen darf."

Der geheimnisvolle Junge schien einverstanden zu sein. „Keine üble Idee. Diese unerwünschten Besucher bereiten meinem Denkapparat übrigens einige Schwierigkeiten. Ich fürchte, dass uns diese Karla Kätscher auf der Spur ist und der Junge und der Unbekannte ihre Spione sein könnten!"

Max spürte, wie nun eine ganze Armee von eiskalten Schauerspinnen über seinen Rücken kroch.
Nein, er pfiff auf das Foto. Es war besser zu verschwinden. Auf Zehenspitzen schlich er davon. Er war ungefähr drei Meter von der Geisterbahn entfernt, als er hinter sich die Tür auffliegen hörte. Grunzend und ächzend stürzte sich jemand auf ihn. Zwei schaufelgroße grüne Hände packten Max, und er kam nicht einmal dazu zu schreien, so schnell wurde er in das gruselige Haus gezerrt. Die Tür krachte zu, und rund um ihn herrschte wieder Finsternis. Jetzt erst bemerkte Max, dass er nicht mehr auf dem Boden stand, sondern in der Luft schwebte.
„Ich habe ihn, Meister!“, meldete die hohle Stimme des Monsters.

„Brav, Boris, sehr brav!", hörte Max die Stimme des rätselhaften Jungen, der so seltsam gestelzt sprach. „Ich bin meinem großen Bruder bis heute dankbar, dass er Ihnen die Ohren und die Nase eines Hundes eingebaut hat. Wahrscheinlich war das die einzige gute Idee, die er je hatte. Sonst war er nur ein Grund zum Ärgern und immer gemein zu mir. Aber mithilfe Ihrer Hundeohren und der feinen Nase konnten Sie diesen überraschenden Besucher rechtzeitig wittern und fangen."

„Was … was … machen wir jetzt mit ihm?", zwitscherte die hohe Stimme.

„Ich schlage vor, dass wir ihn als Geschenk des Zufalls sehen und Wolfgang Amadeus als Hauptspeise servieren!", meinte der Junge.

Als dieser Name fiel, war plötzlich ein wildes Kratzen, Schaben und Hecheln zu hören. „Öffnen Sie die Tür, Fräulein Luzilla!"
Max versuchte sich aus dem eisernen Griff des Monsters zu befreien. „Nei…nei…nein!", wollte er sagen, aber aus seinem Mund kam nur ein heiseres Gurgeln.
„Vorsicht, ich mache jetzt auf!", verkündete die Rieseneidechse. „Wolfi, Futter ist da! Mahlzeit!"
Hinter der Tür heulte jemand gierig auf …

DAS GIBT'S DOCH NICHT!

Mit langsamen, stampfenden Schritten setzte sich das Frankensteinmonster in Bewegung, um Max zu servieren. Er war starr vor Angst.

Peng! Das Monster krachte gegen eine Wand. Es grunzte kurz und taumelte dann weiter. Boing! Abermals war es gegen eine Wand gerannt.

„Boris, ich bitte Sie! Sie schlagen noch unser Heim kurz und klein!", ermahnte ihn der Junge. „Machen Sie Licht, damit Sie besser sehen!"

Das Monster nahm seine Pranke von Max und drehte an den Schrauben an seinem Hals. Sofort glühte sein Kopf hellgrün.
Max nutzte diese Gelegenheit, nahm alle Kraft zusammen und riss sich los. Er fiel zu Boden, rappelte sich auf und stürmte davon.
Das Monster torkelte hinter ihm her.
Vor ihm watschelte und schlurfte jemand, und neben ihm trippelten kleine Schuhe.
„Mehr Licht, Boris!“, befahl der fremde Junge.
Gleich darauf war der Raum hell erleuchtet.
Max drehte sich um und sah das Frankensteinmonster, das zwei Glühbirnen in den Händen hielt.
Sie leuchteten – ohne Fassung und Stromkabel!
„Schnell, kommen Sie alle und helfen Sie uns!“, rief der rätselhafte Junge. Rundherum flogen Türen auf, und dunkle Gestalten eilten auf Max zu.
Er drehte sich im Kreis und starrte sie alle mit schreckgeweiteten Augen an.

Das war nicht möglich! Das war grässlicher als jeder Horrorfilm! Da waren nicht nur der Junge, die Rieseneidechse und das Frankensteinmonster, sondern auch der einzelne Fuß, eine Mumie mit Sonnenbrille, ein grüner Saurier, ein Hund

mit drei Köpfen und ein fetter Vampir mit langen, spitzen Beißzähnen. Und diese Monster waren nicht aus Pappe und Stoff, sondern echt. Sie bildeten einen Kreis um Max und rückten immer näher. Es war unmöglich ihnen zu entkommen.

„Ich möchte wetten, dass wir es hier mit einem Verbündeten von Karla Kätscher zu tun haben!“, sagte der Junge im Samtanzug. Ein allgemeines Fauchen und Knurren folgte. „Ich schlage vor, wir verfüttern ihn an Wolfgang Amadeus, um seine Gier nach Blut zu stillen. Ist jemand dagegen?“

Alle schüttelten die Köpfe, und der einzelne Fuß wackelte mit den Zehen.

„Boris, pack ihn und wirf ihn zu Wolfgang Amadeus. Doch schließ die Tür, ich will nicht mit ansehen, was er mit ihm macht!“, befahl der Junge.

Max fuchtelte verzweifelt mit den Armen. „Nein, bitte nicht!“, flehte er. „Ich … ich habe euch doch nichts getan! Ich kenne keine Karla Ketchup. Bitte … nicht … nein!“

Der seltsame Junge schien anderer Meinung zu sein. „Sie haben unser Versteck aufgespürt und werden es jetzt verraten!“

Max begann laut zu schluchzen. „Nein … ich … ich verrate es niemandem. Ich … ich bin kein Spion … ich bin nur hereingekommen … weil meine dämliche große Schwester so gemein zu mir war!“

Die letzten Worte schienen wie ein Zauberspruch zu wirken. „Sie haben eine große Schwester?“, erkundigte sich der Junge.

Max nickte. „Wurden Sie von ihr auch gebaut?“

Max schüttelte den Kopf.

„Ich wurde von meinem großen Bruder gebaut!“, erklärte der Junge. „Er war Doktor Frankenstein, und da er keinen Bruder hatte, erdachte und baute er mich. Genannt hat er mich Frank Steinchen!“

Max klappte überrascht den Mund auf. „Doktor Frankenstein gibt es wirklich?“

„Nicht mehr!“, sagte Frank Steinchen. „Er war nämlich nicht unsterblich wie die Wesen, die er gebaut hat. Aber sein Spott klingt noch heute in meinen Ohren. Ich bin nämlich nicht so groß und kräftig wie er geraten, weshalb er mich stets Winzling nannte!“
„Winzling? So sagt meine große Schwester auch immer zu mir, obwohl ich Max heiße!“, stammelte Max. Er hatte das Gefühl, dass die Monster rund um ihn sich beruhigten. Er deutete auf das Frankensteinmonster: „Und das … das ist wohl … auch eine Bastelarbeit Ihres Bruders?“

„So ist es! Es handelt sich um Boris. Leider hat er zeitweilig einen Kurzschluss und wird deshalb Bibber-Boris genannt!“, erklärte Frank Steinchen. Er wollte zu weiteren Erläuterungen ansetzen, als hinter der einzigen Tür, die noch verschlossen war, wieder das Schaben und Schnauben begann. „Wolfgang Amadeus!“, riefen alle jammernd und blickten fast gleichzeitig auf Max.

Er duckte sich und wünschte sich, im Boden zu versinken. Er wusste genau, was die Monster dachten. „Nein … bitte nicht!“, wimmerte er.

„Wolfgang Amadeus ist erst seit einer Woche hier“, sagte Frank Steinchen ernst. „Bei Vollmond bekommt er Hunger, den er pünktlich bis Mitternacht stillen muss. Sonst wird er so wild, dass er alles kurz und klein schlägt. Er wird ausbrechen und durch die Stadt laufen, bis er ein Opfer gefunden hat. Es bleibt uns keine andere Wahl, als Sie zu verfüttern!“

Max trafen die Worte wie ein Faustschlag. Er hatte sich schon in Sicherheit gefühlt. „Nein … nein … bitte … ich … also ich … ich werde etwas finden, damit Wolfgang Amadeus heute Nacht ganz ruhig ist. Ich verspreche es. Ich … ich bringe es noch vor Mitternacht. Bestimmt!“

Frank Steinchen schien zu überlegen. „Woher sollen wir wissen, ob wir Ihnen trauen können?“, fragte er Max. „Sie könnten ein Spion sein, der uns verrät, wenn wir ihn laufen lassen!“

Die Rieseneidechse mischte sich ein und klimperte mit ihren langen Wimpern. „Frank, vielleicht sagt das Bürschchen die Wahrheit!“ Max lächelte ihr dankbar zu. Der einzelne Fuß hüpfte vor Max auf und nieder und gab quietschende Laute von sich. Frank Steinchen schien sie zu verstehen.

„Ich willige ein“, sagte er schließlich. „Aber Füßchen wird Sie begleiten, und falls Sie uns täuschen wollen, wird es Sie zurückbringen. Sie müssen noch vor Mitternacht hier sein! Entweder mit einem Wundermittel oder ohne.

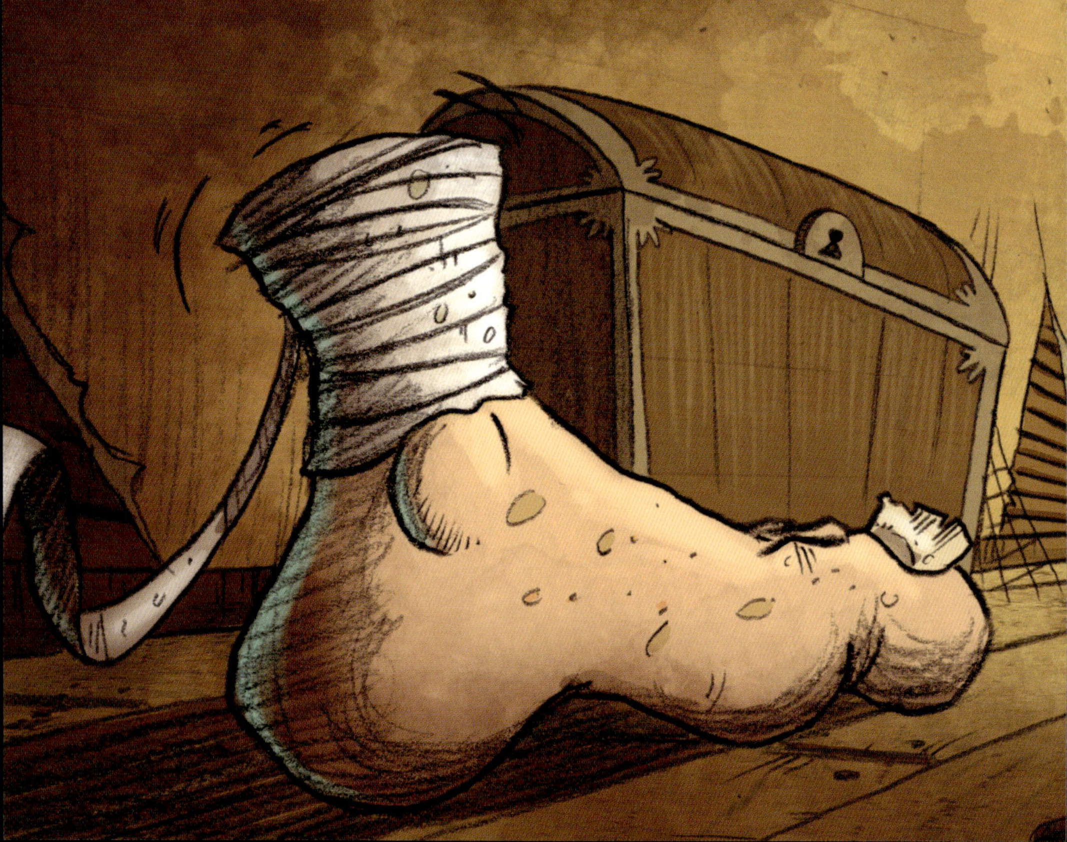

Falls Sie nichts bringen, wünschen wir Wolfgang Amadeus einen guten Appetit!“

Ein eiskalter Schauder durchfuhr Max.

Er stolperte ins Freie und brauchte eine ganze Weile, um wieder richtig atmen zu können. Da er nicht gleich losrannte, trat ihn jemand gegen das Schienbein. Füßchen stand vor ihm und wippte ungeduldig auf und ab.

„Ich mach ja schon!“, krächzte Max. Er tauschte schnell noch die Sofortbildkamera gegen sein Skateboard und lief dann los. Füßchen blieb ihm dicht auf den Fersen.

WAS JETZT?

Pünktlich eine Minute vor sechs Uhr traf Max zu Hause ein. Füßchen stieß wieder schrille Laute aus, die Max aber nicht verstand.

„Komm … ich … versteck dich unter meinem Pulli!“, bot Max an. Der Fuß sprang in die Höhe und landete in seinen Händen.

Max ekelte vor dem einzelnen, eiskalten Körperteil, und sein Bauch krampfte sich zusammen, als er ihn unter den Pullover steckte. Da er keinen Schlüssel hatte, musste er klingeln.

Dodo öffnete ihm. „Du sollst sofort zu Mama kommen!“, sagte sie und setzte wieder einmal ihr gemeinstes Grinsen auf. Sie hatte tatsächlich erzählt, dass ihr kleiner Bruder abgehauen sei. Eine Strafpredigt blieb Max nicht erspart, aber er hörte seiner Mutter gar nicht zu. Seine Gedanken waren bei der grünen Geisterbahn. Ihm blieben nur sechs Stunden Zeit, um seine Haut zu retten.

Max setzte Füßchen in seinem Zimmer ab und bat es, dort zu warten. Danach schob er sich im Esszimmer auf seinen Sessel und stocherte lustlos in den Spaghetti, die es zum Abendessen gab.

„Ich finde es gemein, dass ich immer den Babysitter für Max spielen muss!“, beschwerte sich Dodo. „Ich wollte heute einen lustigen Nachmittag mit meinen Freundinnen auf dem Rummelplatz verbringen. Aber mit diesem Winzling am Hals vergeht mir jeder Spaß!“

Max brauste auf. „Ich bin kein Winzling, und du wolltest nur mit deinem Egon-Schnuckel-Schätzchen knutschen!“

Frau Müller horchte auf. „Was? Wer ist Egon?“

Dodo errötete. „Ach … so heißt der … der … Teddy von meiner Freundin!“

Frau Müller glaubte ihr kein Wort und forschte weiter. Dodo warf ihrem Bruder einen kurzen, giftigen Blick zu.

Max seufzte leise. Er wusste, dass Dodo sich noch rächen würde. Aber im Augenblick genoss er seinen Triumph.

Herr Müller legte seiner Frau beruhigend die Hand auf den Arm. „Keine Panik, Schatz!“, sagte er. „Bitte reg dich jetzt nicht auf!“

Aber es war zu spät. Frau Müller kochte bereits.

„Joachim, mein Schatz, bring mir bitte meine Baldrianpillen!“, verlangte sie.

Herr Müller stand gehorsam auf und holte sie. „Ist das Zeug nicht schädlich?“, fragte er mit einem misstrauischen Blick auf die Pillendose.

„Nein, es enthält keine Chemie. Nur Baldrian, und das ist eine Pflanze. Das beruhigt meine Nerven, und das brauche ich jetzt!“ Frau Müller schüttelte sich drei Pillen in die Hand, warf sie energisch in den Mund und spülte sie mit Wasser hinunter.

„Schatz, nicht zu viel, sonst schläfst du gleich ein!“, warnte sie ihr Mann. Er nahm ihr die Dose aus der Hand und trug sie weg.

Baldrian! Das war die Lösung! Wenn seine Mutter davon einschlief, dann bestimmt auch dieser Wolfgang Amadeus. Max rutschte von seinem Stuhl und folgte seinem Vater. Er musste unbedingt herausfinden, wo die Baldrianpillen aufbewahrt wurden.
Herr Müller legte sie in die Nachttischschublade seiner Frau. Max wartete, bis sein Vater ins Wohnzimmer zurückgekehrt war, und holte dann die Pillen. Er lief in sein Zimmer und zeigte Füßchen die Beute.
„Wolfgang Amadeus muss möglichst viele davon schlucken, damit er einschläft und nicht auf … Menschenjagd geht!“, erklärte er dem Fuß, der daraufhin mit den Zehen schnippte. Ob das ein gutes oder schlechtes Zeichen war, wusste Max nicht.

Er sah zum Fenster hinaus. Der bleiche Vollmond leuchtete bereits über den Dächern der Stadt.
Wie sollte Max noch vor Mitternacht zum Rummelplatz gelangen? Seine Mutter ließ ihn bestimmt nicht mehr weg.
Max warf einen prüfenden Blick auf die Regenrinne. Sie sah stabil aus. An ihr konnte er bestimmt hinunterklettern. Mit dem Skateboard war er in weniger als einer halben Stunde am Ziel. Allerdings musste er durch die dunklen Straßen und Gassen, und das gefiel Max gar nicht. Er blickte zu Boden und sah Füßchen. Ein kleiner Stein fiel ihm vom Herzen. Er war nicht allein, Füßchen war bei ihm. „Schließlich muss es mich heil zur Geisterbahn bringen. Entweder als Retter oder als Futter“, überlegte Max und erschauderte.

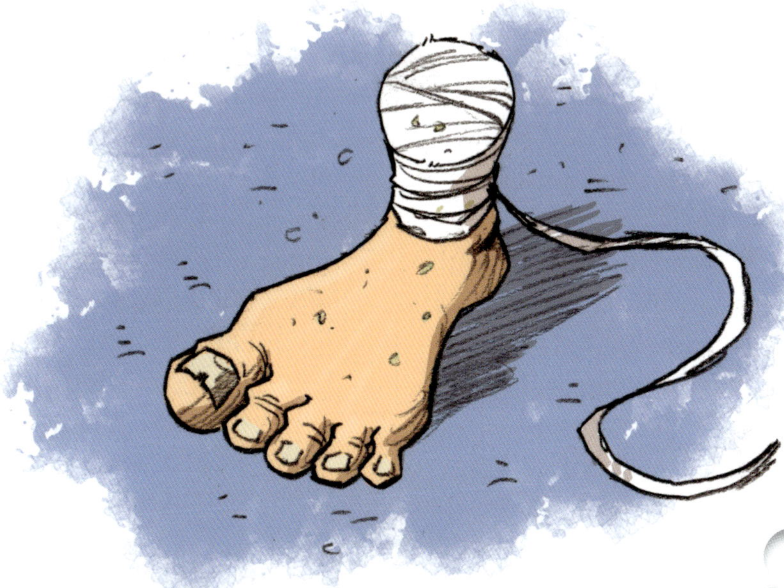

Aber was würde geschehen, wenn seine Mutter entdeckte, dass er nicht im Bett lag? Sie würde einen ihrer Anfälle bekommen und nach ihren Baldrianpillen suchen. Aber die wären dann auch verschwunden! Max dachte angestrengt nach. Dabei sah er auf den Kalender über seinem Schreibtisch, der ihn an die Geburtstage seiner Familie und seiner Freunde erinnern sollte. Dodo hatte ihm diesen Kalender geschenkt, und Max hasste ihn. Bisher stand auch nur der Geburtstag seiner großen Schwester darauf, die das Datum selbst eingekringelt hatte, damit ihr Bruder ihr Geschenk nicht vergaß.
Max grinste. Dodos Geburtstag war in einer Woche. Endlich war der Kalender doch zu etwas nütze.

Er lief ins Wohnzimmer, gähnte heftig und verkündete: „Ich gehe bald schlafen. Aber erst muss ich noch etwas vorbereiten!“

Frau Müller musterte ihn prüfend. „Was denn?“

„Ein Geburtstagsgeschenk für Dodo!“, erklärte Max.

Seine Schwester sprang auf und rief: „Bestimmt ist das wieder einer seiner miesen Streiche. Ich will sofort sehen, was er macht!“

Max schüttelte den Kopf. „Nein, das wird eine Überraschung, und damit du auch bestimmt nicht guckst, sperre ich mein Zimmer ab.“

Erleichtert drehte Max zweimal den Schlüssel im Schloss seiner Zimmertür. Dann schnappte er das Skateboard, wickelte eine dicke Schnur herum und ließ es aus dem Fenster herab. Füßchen rannte an der senkrechten Hausmauer nach unten. Max kletterte an der Regenrinne herunter, stellte sich auf das Skateboard und wollte los. Aber da spürte er, dass ihn jemand sanft am Schuh stupste. Es war Füßchen. Es bedeutete Max, ihm ein wenig Platz zu machen, und sprang auf. Er holte tief Luft und stieß sich mit dem Schuh ab. Auf ging's!
Kurz vor neun Uhr traf Max schon bei der Geisterbahn ein. Zögernd trat er an die Hintertür und klopfte zaghaft. Frank Steinchen öffnete ihm und zerrte ihn hastig herein. „Haben Sie etwas gefunden?", fragte er sofort.
Max nickte und reichte Frank die Dose. „Meine Mama nimmt drei, um sich zu beruhigen, und sechs, damit sie gut schläft!"

Frank leerte den Inhalt der Dose auf seine kleine Hand und zählte. Es waren 55 Pillen. „Wolfgang Amadeus benötigt bestimmt alle, um die Vollmondnacht zu verschlafen!", vermutete er.
Nun wagte Max endlich die Frage: „Wer bitte ist Wolfgang Amadeus?"
Frankensteins kleiner Bruder gab ihm ein Zeichen mitzukommen. Sie durchquerten den hohen Raum, durch den früher die kleinen Wagen der Geisterbahn gefahren waren, und erreichten eine giftgelbe Holztür. In einem Balken war ein Loch, durch das man schauen konnte. Max erkannte ein kleines Zimmer ohne Fenster, das von einer Kerze spärlich erhellt wurde. Auf dem Boden hockte eine dunkle, zottige Gestalt, die wie ein Mensch mit langen Haaren aussah. Max schnappte hörbar nach Luft, als er das braune Fell auf ihren Händen erkannte. Und nun hob das seltsame Wesen auch noch den Kopf, streckte ihn in die Luft und begann schaurig zu heulen.
Max zuckte zurück. „Aber das … das ist ja … ein … Wolfsmensch!"

Frank Steinchen verbesserte ihn: „Um genau zu sein, handelt es sich um einen Werwolf. Er ist erst vor zwei Wochen eingezogen und nennt sich Wolfgang Amadeus. Wir dachten nicht daran, welche Probleme wir in Vollmondnächten mit ihm haben würden. Der Hunger überkommt ihn dann und macht Wolfgang Amadeus zu einer reißenden Bestie! Die übrige Zeit ist er friedlich und harmlos."

Frankensteins kleiner Bruder klopfte sachte an die Tür. „Herr Wolfgang Amadeus, ich habe hier etwas, was Ihnen helfen wird."

Als Antwort folgte ein böses Knurren. „Hast du einen Menschen gebracht?", fragte eine tiefe, grimmige Stimme.

„Ja!“, sagte Frank. Max zuckte erschrocken zurück.
„Ich rieche … rieche Menschenfleisch … Blut … junges Blut!“, grollte der Werwolf.
„Kommen Sie doch näher zur Tür und riechen Sie ein wenig“, lockte ihn Frank.
„Aber … aber …“, stammelte Max.
Frank Steinchen legte den Finger auf die Lippen.
„Psssst!“
Der Werwolf erhob sich und torkelte zur Tür. Max konnte die feuchte, braune Nase erkennen, die in dem Loch im Balken erschien.
„Und jetzt kommt eine kleine Kostprobe!“, versprach Frank. „Machen Sie das Maul weit auf!“
Erst jetzt erkannte Max, was Frank Steinchen vorhatte. Als das Monster seine Schnauze weit aufsperrte, kippte der Junge alle Pillen in den blutroten Rachen. Der Wolf klappte überrascht sein Maul zu und würgte und gluckste.
Danach brüllte er wild und wütend. „Das war … kein Menschenfleisch! Das war … war … war …!“
Wolfgang Amadeus’ Worte wurden immer langsamer.
„Ich schlage jetzt alles kurz und klein!“, kündigte er

an und warf sich gegen die Tür, dass das Holz laut knarrte und ächzte. Vielleicht war es zu wenig Baldrian gewesen?

Wolfgang Amadeus stürmte erneut gegen die Tür. Diesmal hielt das morsche Holz der Wucht seines Körpers nicht mehr stand. Die Tür zersplitterte, und vor Max stand ein mindestens zwei Meter großer Werwolf. Er riss sein Maul auf und zeigte die scharfen, langen Reißzähne.

„Huuuuuunger!“, heulte er, streckte seine pelzigen Hände aus und torkelte auf den Jungen zu.
Max konnte sich vor Angst nicht mehr bewegen. „Neeeeiiin!“, schrie er, als er das Untier auf sich zukommen sah.
„Frank Steinchen, bitte ...!“ Aber Frank war bereits hinter Max in Deckung gegangen.
„Fressen!“, grölte Wolfgang Amadeus und hob die Krallenhände, um seine Beute zu schlagen.
Dann stürzte er sich auf Max.

ZZZ ...

DIE LETZTEN MONSTER DER WELT

Wie ein nasser Sandsack prallte er vor dem Jungen auf den Boden und blieb dort liegen. Aus dem hungrigen Maul des Werwolfs drang nur ein gleichmäßiges, lautes Schnarchen!

„Er ist eingeschlafen! Ihr Mittel hat seine Wirkung schließlich doch getan!", jubelte Frank Steinchen. „Ich muss zugeben, dass das für mich einige Beruhigung bedeutet. Die Vorstellung, dass Wolfgang Amadeus … nun ja … es ist vorbei. Max, Sie haben Mut bewiesen!" Max konnte es nicht glauben. Er, der größte Feigling aller Zeiten, sollte Mut gehabt haben? Füßchen tauchte neben ihm auf und zwitscherte aufgeregt. Frank Steinchen hörte ihm aufmerksam zu und sagte immer wieder: „Jaja, verstehe." Schließlich wandte er sich an Max. „Füßchen hat mir berichtet, was es mit Ihnen alles erlebt hat. Max, ich glaube Ihnen. Sie sind kein Spion von Karla Kätscher."

Max war erleichtert. „Na endlich“, seufzte er. „Aber … aber … Sie … äh … du musst nicht immer ‚Sie‘ zu mir sagen! Du bist doch bestimmt nicht älter als ich, oder?“

Frank Steinchen zuckte entschuldigend mit den Schultern. „Mein Bruder hat mir die Gehirne von vier weisen Professoren eingesetzt, die vor ungefähr 140 Jahren gelebt haben. Da steckt auch diese Höflichkeit drinnen. Ich kann nicht anders. Aber nun möchte ich mich bei Ihnen herzlich für die Hilfe bedanken.“

Frank Steinchen packte Max’ Hand und schüttelte sie heftig. „Verzeihen Sie, dass ich Sie der Zusammenarbeit mit Karla Kätscher verdächtigt habe. Übrigens, haben Sie eine Ahnung, ob Ihre große Schwester heute Nachmittag die Geisterbahn vor Ihnen betreten hat?“

Max schüttelte den Kopf. Frank kratzte sich grüblerisch am Kinn.

„Es war vor Ihnen noch jemand hier drin, weil meine Freunde nicht achtsam waren. Doch wir haben keine Ahnung, wer das war. Wir können nur hoffen, dass es niemand war, der uns Böses will."

Jetzt, da die Bedrohung vorbei war, fühlte sich Max plötzlich sehr müde und schwach. Seine Knie sackten weg, und er plumpste auf den Boden.

„Ich … es war alles … sehr viel …", stammelte er verlegen.

Frank Steinchen setzte sich zu ihm. „Sollen wir Sie zur Stärkung ein wenig an die Batterie von Boris anschließen? Oder wollen Sie ein Glas Giftspinnensaft? Die Mumie hat ihn heute frisch gepresst!“
Max lehnte dankend ab. „Seid ihr wirklich echte Monster?“, fragte er ungläubig.
„Sie müssen versprechen, niemandem ein Wort zu verraten!“, schärfte Frank Steinchen dem Jungen ein. Max versprach es. „Ja, wir sind alle echte Monster. Die letzten der Welt“, erzählte der seltsame Junge. „Wir sind alle auf der Flucht!“
Max ging das zu schnell. „Moment … langsam … wer sind alle, und vor wem flüchten Sie?“
Frank rief die anderen, die sofort kamen und sich rund um Max aufstellten. Das grüne, saurierhafte Ungeheuer wurde von der Mumie in einer Badewanne hereingeschoben, in der es lautstark plantschte. Frank Steinchen stellte Max ein Monster nach dem anderen vor.

NAME: Luzilla

ALTER: 33 Jahre
BESONDERE KENNZEICHEN: Kann wie ein Chamäleon ihre Farbe wechseln und ist sehr eitel.
MAG NICHT: Lärm und schreiende Menschen. Gerät sofort in Panik.
MAG GERNE: schnelle Autos, Schraubenschlüssel und Türklinken. Das ist ihr Lieblingsfutter.

NAME: Füßchen

ALTER: 44

BESONDERE KENNZEICHEN: Hühnerauge an der kleinen Zehe

MAG NICHT: enge Schuhe

MAG GERNE: Kuschel-Pantoffeln

NAME: Frank Steinchen,
Dr. Frankensteins kleinerer Bruder

ALTER: gebaut im Jahre 1877
BESONDERE KENNZEICHEN: Drückt sich sehr gewählt aus und siezt jeden. Löst Rechnungen schneller als jeder Taschenrechner.
MAG NICHT: Lehrer und Schulen
MAG GERNE: Friedhöfe

NAME: Boris, Frankensteins erstes Monster

ALTER: Sein Kopf ist 144, seine Arme und Beine 142, sein Körper 143 und sein Hirn 102 Jahre alt. (Das Hirn musste nämlich einmal ausgewechselt werden, weil es nicht mehr funktioniert hat.)

BESONDERE KENNZEICHEN: Hat Nase und Ohren eines Hundes und kann in seinen Händen Glühbirnen zum Leuchten bringen. Manchmal tritt bei ihm ein Wackelkontakt auf.

MAG NICHT: Wasser, da seine elektrischen Bestandteile schnell rosten.

MAG GERNE: Strom

NAME: Nessina, Tochter von Nessie

ALTER: 1209 Jahre
BESONDERE KENNZEICHEN: badet, wann immer und wo immer sie kann. Sehr gute Schwimmerin.
MAG NICHT: Seife
MAG GERNE: Schwimmbäder und Seen

NAME: Mombo Mumie

ALTER: 3667 Jahre
BESONDERE KENNZEICHEN: Kann Menschen den bösen Blick zuwerfen, worauf diese sofort Unglück haben. Trägt deshalb immer eine Sonnenbrille. Ist an manchen Tagen schlecht gewickelt und daher missmutig.
MAG NICHT: Motten, da sie in sie Löcher fressen.
MAG GERNE: flotte Klamotten, aber nur in Streifen gerissen, damit sie sich darin einwickeln kann.

NAME: Wolfgang Amadeus Werwolf

ALTER: Wurde vor 356 Jahren von einem Werwolf gebissen und ist seitdem selbst einer.
BESONDERE KENNZEICHEN: Frisst immer Schnitzel mit Ketchup. Nur in Vollmondnächten bekommt er Heißhunger auf Menschen.
MAG NICHT: Jäger mit Silberkugeln und Zahnärzte
MAG GERNE: Rockmusik und schwere Motorräder

NAME: Baby-Drak

BERÜHMTER VORFAHRE: Graf Dracula (war sein Onkel)
ALTER: wurde 1666 von einem Vampir gebissen
BESONDERE KENNZEICHEN: Tageslicht macht ihm nichts, da er sich mit einer Schutzcreme einreibt (so ähnlich wie für uns Sonnencreme).
MAG NICHT: Ketchup
MAG GERNE: Alles, was rot ist und am liebsten … ihr wisst schon.

NAME: Zerbi, der Höllenhund

ALTER: 5790 Jahre
BESONDERE KENNZEICHEN: hat drei Köpfe, die fast immer streiten.
MAG NICHT: Katzenfutter
MAG GERNE: Hundefutter aus der Dose

Frank Steinchen schloss die Vorstellungsrunde mit den Worten: „Ja, das wären wir. Und wahrscheinlich stoßen noch andere Monster zu uns, auf der Flucht vor Karla Kätscher!"
Max traute seinen Augen und Ohren nicht. „Wer ist diese Karla Kätscher?", wollte er endlich wissen.

„Wollen Sie in einem Käfig ausgestellt werden?“, fragte Frank. Max schüttelte den Kopf. „Wollen Sie in einem Zirkus auftreten und Kunststücke machen?“ Wieder verneinte Max. „Karla Kätscher ist die Besitzerin einer fahrenden Monstershow, und sie möchte als Attraktion ein Programm mit echten Monstern anbieten. Deshalb sucht sie wie ein Spürhund auf der ganzen Welt nach uns. Sie ist eine hartnäckige und strenge Frau. Sie hat jeden von uns aufgespürt, aber zum Glück noch keinen fangen können. Zuerst ist sie Nessina auf den Leib gerückt, die zu mir flüchtete. Später hat sie Jagd auf die Mumie und Baby-Drak gemacht. Auch diese beiden haben Zuflucht im Schloss meines verstorbenen Bruders gesucht.

Nach und nach trafen alle anderen ein, und eines Nachts … stand Karla Kätscher vor dem Tor. Wir konnten zum Glück durch einen unterirdischen Tunnel flüchten!“, berichtete Frank Steinchen. „Wolfgang Amadeus habe ich eine Warnung geschickt, worauf er hier zu uns gestoßen ist.“

Max verstand das nicht. „Wieso versteckt ihr euch in einer alten Geisterbahn?“, fragte er.

„Wo würden Sie echte Monster am wenigsten vermuten?“, fragte Frank Steinchen zurück.

Max verstand. Na klar, in einer Geisterbahn.

„He, aber wieso fürchtet ihr euch vor einer einzigen Frau?“, wunderte er sich. „Ihr seid so viele und so schaurig. Sie ist allein!“

Frank winkte ab. „Sie hat einen Gehilfen namens Adonis. Da er nicht der Klügste ist, trägt er den Spitznamen Amselhirn.“

Max lachte. „Aber ich kapier das immer noch nicht. Auch mit diesem Adonis hat Karla Kätscher gegen euch alle keine Chance. Wenn ihr zusammenhaltet, kann euch nichts geschehen!“

Die Monster blickten einander lange an, dann begannen sie wild durcheinanderzureden.

„Max hat recht! Wir brauchen uns nicht mehr zu fürchten, solange wir zusammen und hier in unserer Geisterbahn sind!“

Die Ungeheuer brachen vor Freude in lautes Geheule und gruseliges Jaulen aus.

Frank Steinchen schüttelte Max in dieser Nacht zum zweiten Mal die Hand. „Danke, vielen Dank, Sie haben uns schon wieder sehr geholfen!“

„Na ja … also … gerne!“, antwortete Max verlegen.

Wieder gab es lautes Heulen und Jaulen, und die Monster hoben Max in die Höhe. Übermütig warfen sie ihn in die Luft und fingen ihn wieder auf. Bisher hatte Max keine Freunde gehabt, weil seine Mutter an allen etwas auszusetzen hatte. Zum Glück ahnte sie nichts von diesen neuen Freunden. Sie würde sonst einen Lastwagen voll Baldrian brauchen.

„Alle meine Monster!“, lachte Max und war so glücklich wie schon lange nicht mehr. Er versprach gleich am nächsten Tag wiederzukommen.

¡RIIIIIIIIII

DIE GEISTERBAHN MUSS WEG!

Max konnte es kaum erwarten, bis endlich die Schulglocke bimmelte. Er wollte sofort zur Geisterbahn. Zur Sicherheit hatte er seiner Mutter schon vorgeschwindelt, dass er heute nach der Schule noch einige Dinge einkaufen musste, um das Geburtstagsgeschenk für Dodo fertigzubasteln.

Als Max bei dem grünen Gebäude auf dem Rummelplatz eintraf, bemerkte er einen nicht sehr großen, aber stämmigen Mann in einem ledernen Motorradanzug. Er trug noch seinen Helm und eine dunkle Motorradbrille. Der Mann umrundete die Geisterbahn zweimal und tastete die Türen ab. Zu Max' großer Verwunderung war auch die Hintertür wieder abgeschlossen und mit Ketten, Vorhängeschlössern und Balken verriegelt. Waren die Monster ausgezogen? Oder hatte sie jemand eingeschlossen? Vielleicht diese Karla Kätscher?

Der Mann im Lederoverall trat missmutig mit seinem schwarzen Stiefel gegen die Holzwand der Geisterbahn und fluchte leise. Dann stapfte er wütend davon. Einige Sekunden später jaulte ein Motorrad auf und raste gleich darauf an Max vorbei. Wer war das? Was wollte er hier?

Während Max so dastand und grübelte, kam ein anderer Mann in Latzhosen und kleisterte ein weißes Plakat an die Geisterbahn:

Max schluckte. Das war entsetzlich!

„Wann … wann soll der Bau beginnen?“, fragte er aufgeregt.

Der Mann strich das Plakat glatt.

„Übermorgen wird die Bude abgerissen, und dann geht’s los.“

Max zappelte unruhig hin und her.

„Aber … aber … wieso darf Herr Grünschädel das?“, wollte er wissen.

„Weil der Alte das Ding da vor einem Jahr gekauft hat!“, erwiderte der Plakatkleber.

„Sind Sie sicher, dass der Abbruch schon übermorgen beginnen soll?“

„Ganz sicher! Der alte Grünschädel braucht zwar noch die Einwilligung des Bürgermeisters, aber die wird er bekommen, kein Zweifel.“

Der Mann warf noch einen prüfenden Blick auf das Plakat, dann ließ er Max allein vor der Geisterbahn stehen. In Max' Kopf rasten die Gedanken. Musste er den Monstern diese Horror-Nachricht nicht sofort überbringen? Wo sollten sie alle hin?
Egon Grünschädel … dieser Name kam Max bekannt vor. Na klar! Dodos Verehrer hieß doch so. Er war bestimmt der Sohn des alten Grünschädel. Und gab es nicht auch ein Kaufhaus Grünschädel, einen Blumenmarkt Grünschädel und mehrere Eisdielen Grünschädel? Dem Mann schien die halbe Stadt zu gehören.

Max war völlig ratlos, wie er in die versperrte Geisterbahn kommen sollte. Er klopfte und wartete. Nichts rührte sich. Er klopfte noch einmal, diesmal lauter.
„Hallo … ich bin es, Max!“, rief er leise.
„Hallöchen!“, hörte er Luzillas Stimme. „Du musst bitte den richtigen Eingang benutzen.“
Max verstand nicht. „Den richtigen Eingang? Wo ist der?“
„Nur wenige Schritte entfernt findest du einen Kanaldeckel. Öffne ihn und steige hinab. Der Gang führt direkt zu uns.“
Hinter ihm klapperte etwas. Max drehte sich um und sah, wie ein Gullydeckel auf dem Gehweg zur Seite geschoben wurde und Frank Steinchens Kopf auftauchte. „Kommen Sie!“, rief er.

Max kletterte seinem neuen Freund hinterher und landete in einem Kanalschacht, in dem eine stinkende, braune Brühe floss. Frank brachte ihn über einen schmalen Steg zu einer schrägen Betonröhre, die nach oben führte. Durch eine Falltür gelangten sie in die Geisterbahn.

„Das ist unser normaler Zugang", erklärte Frank. „Doch waren gestern Männer im Kanal, weswegen ich die Tür öffnen musste."

In der Geisterbahn war die Mumie gerade mit ihren Wickeln beschäftigt, und Luzilla knabberte gelangweilt an einem alten Schraubenschlüssel.

Der Werwolf war wieder ruhig und friedlich und bearbeitete seine langen Krallen mit einer dicken Tischlerfeile. Zerbi, der dreiköpfige Höllenhund, testete drei verschiedene Hundekuchen, und Nessina räkelte sich in ihrer Badewanne. Boris und Füßchen spielten Fußball. Max rieselte ein Schauer über den Rücken, als er bemerkte, dass die beiden einen Schrumpfkopf als Ball benutzten. Baby-Drak las ein Buch mit dem Titel „Blutrote Lippen“.

„Ich … ich muss euch etwas Schreckliches sagen“, begann Max. „Eure Geisterbahn soll übermorgen abgerissen werden! Hier wird eine Tiefgarage gebaut!“

„Was???“ Nach einer Schrecksekunde begannen die neun Schauergestalten wild durcheinanderzureden.
„Sie wollen uns unser Heim nehmen!“, schluchzte Luzilla. Nessina verzog ihre runde Schnauze zu einer grässlichen Grimasse. „Ich werde sie so erschrecken, dass sie die Flucht ergreifen!“
Zerbis drei Köpfe waren wie immer uneinig. „Ich beiße alle, die ihren Fuß hier hereinsetzen!“, sagte Kopf 1.
„Ich werde bellen, dass allen die Ohren abfallen!“, rief Kopf 2. „Und ich werde jedem ans Bein pinkeln!“, verkündete Kopf 3.
Baby-Drak leckte sich die spitzen Eckzähne und schmatzte genießerisch: „Sollen sie nur kommen, ich habe ohnehin schon lange nichts getrunken.“
Wolfgang Amadeus Werwolf bekam ebenfalls sofort Appetit, obwohl gar kein Vollmond mehr war. Boris zuckten vor Schreck Funken aus den Halsschrauben, und gleich darauf hatte er wieder einmal einen Kurzschluss

und bibberte und wackelte. Die Mumie nahm ihre Sonnenbrille ab und drohte mit dem bösen Blick. Füßchen bekam das große Zehenzittern und sprang schutzsuchend in Frank Steinchens Hände. Der saß da und blickte ziemlich ratlos in die Gegend.

„Wir werden wieder fliehen müssen!“, meinte er traurig. „Hier sind wir nicht länger sicher. Wir brauchen ein neues Versteck! Ungefähr 100 Kilometer von hier befindet sich noch eine alte, stillgelegte Geisterbahn …“

Max fuchtelte wild mit den Armen. „Nein, nicht … nicht … ihr müsst hierbleiben!“

Frank Steinchen machte ein betrübtes Gesicht. „Max, das erscheint mir unmöglich. Wenn die Bauarbeiter uns entdecken, ist hier die Hölle los. Die halbe Stadt wird Jagd auf uns machen, und bestimmt dauert es dann nicht mehr lange, bis Karla Kätscher auftaucht. Die Geisterbahn ist unsere Burg. Ohne sie sind wir schutzlos!"

Das leuchtete Max ein, aber er hatte keine Lust, seine außergewöhnlichen neuen Freunde schon wieder zu verlieren. Außerdem wollte er ihnen gerne helfen. „Die Tiefgarage darf nicht gebaut werden!", beschloss er. „Wir müssen das verhindern!"

„Aber wie?", fragten die Monster im Chor.

Max grinste verlegen und fuhr sich durch seinen blonden Haarschopf. „Äh ... das ... das weiß ich auch nicht, aber ... aber es wird mir etwas einfallen", versprach er.

Baby-Drak, Zerbi, der Werwolf und die Mumie waren dafür, sich zu wehren. Max konnte sich vorstellen, was die drei darunter verstanden.

Die anderen fünf Ungeheuer stimmten dagegen. Wollten sie ihre Geisterbahn behalten, mussten sie eine andere Lösung finden.
Max musste sich dummerweise schon wieder verabschieden. Bestimmt wartete seine Mutter bereits ungeduldig mit dem Mittagessen. Aber er versprach nachzudenken und zurückzukommen. So schnell wie möglich!

Als Max zu Hause eintraf, fand er die Eingangstür offen vor, und aus dem Vorzimmer hörte er die Stimme seiner Schwester. „Hallo, Egon … ich bin es, Dodo!“
Er blieb stehen und lauschte. Dodo telefonierte mit ihrem Schnuckel-Schätzchen. „Meine Mutter ist schnell Salat holen gegangen, deshalb kann ich dich anrufen. Sie hat mir erlaubt, heute Abend ins Kino zu gehen … Was? … Ich soll zu eurer Villa kommen? Schwimmen? … Du gibst eine Bade-Party? Klar komme ich! … Um sechs bin ich da! … Ach so … dein Vater darf nichts merken. Nicht klingeln … He, ist der etwa auch da?“ Dodos Stimme klang nicht sehr erfreut. „Hab kapiert, der Alte rackert ohnehin nur und wird nicht stören …!“
Nach einer kurzen Pause lachte Dodo schallend. „Nein, keine Angst, den Winzling muss ich bestimmt nicht mitnehmen. Und wenn doch, dann binde ich ihn am nächsten Laternenpfahl fest!“

Max hatte genug gehört und wusste, was zu tun war. Endlich war Dodo einmal zu etwas nütze. Sie verschaffte ihm Zugang zu Herrn Grünschädel.
Er trampelte laut mit den Schuhen und rief: „Hallo!“, damit Dodo dachte, er käme gerade nach Hause.
„Küsschen, bis heute Abend!“, hauchte die große Schwester ins Telefon und legte hastig auf. „Tag, Winzling!“, begrüßte sie Max. „Du siehst so aufgeregt aus. Ist dir auf dem Heimweg wieder ein Höllenhund mit zwei Köpfen begegnet, der dich beißen wollte?“
„Nein, er hatte drei Köpfe. Und großen Appetit auf eine zähe Pute wie dich!“, knurrte Max. Bevor sich Dodo auf ihn stürzen konnte, war er in seinem Zimmer verschwunden und hatte abgesperrt. Erst als Frau Müller mit dem Salat heimkehrte, wagte er sich wieder heraus.

Während er nach dem Essen mit Dodo das Geschirr spülte, meinte er ganz nebenbei: „Ich habe gehört, dass dein Egon-Schätzchen in einer tollen Villa wohnt, aber ich glaube das nicht. Er sieht nämlich aus, als würde er in einer Hundehütte hausen."

Dodo bekam wieder einmal ihren wilden Blick. „Egons Vater ist einer der reichsten Männer der Stadt. Er besitzt ein Traumhaus in der Sonnenstraße, da wo alle Reichen und Berühmten wohnen."

Max grinste in sich hinein und dachte: „Danke, genau das wollte ich wissen." So schnell wie an diesem Tag hatte er

seine Hausaufgaben noch nie erledigt. Absichtlich machte er einige Fehler hinein, damit seine Mutter später mit der Kontrolle länger beschäftigt war.
Während sie die Hefte durchsah, konnte er unbemerkt einige Schals, Hüte, Sonnenbrillen, Tücher und Jacken aus den Schränken holen und in sein Zimmer schaffen. Er brauchte die Sachen alle für seinen Plan.
Später hörte er sich geduldig die Predigt seiner Mutter an. Er versprach, die Hausaufgaben ordentlicher zu machen, und erwähnte nebenbei, dass er weiter an Dodos Geburtstagsgeschenk basteln und deshalb wieder sein Zimmer abschließen müsse. Zum Glück schluckte seine Mutter den Schwindel.
Es war bereits fünf Uhr, als Max hastig das Laken von seinem Bett zog und die gesammelten Klamotten darauf warf. Er schnürte ein Bündel und ließ es samt Skateboard aus dem Fenster. Er wollte sich gerade nachschwingen, als es an der Wohnungstür klingelte.

„Max, mach bitte auf, ich bin in der Badewanne!“, rief seine Mutter. Er rannte leise fluchend in den Flur und riss die Tür auf.
Vor ihm stand Frau Engelhard, die in der Wohnung unter ihnen lebte. „Tag, Max, ist deine Mutter da?“
„Badewanne!“, sagte Max kurz und wollte die Tür schon wieder zuwerfen.
Aber Frau Engelhard war hartnäckig. „Oder ist Dodo zu sprechen?“
Max schüttelte wieder den Kopf. „Im Kino.“
„Na gut, ich kann es auch dir sagen“, meinte die Nachbarin gnädig. „Ich reise heute nach Südafrika, weil ich dort Urlaub mache. Deine Mutter hat versprochen, meine Blumen zu gießen, und ich wollte ihr nur den Wohnungsschlüssel bringen und …“
Max riss ihn Frau Engelhard aus der Hand.
„Den können Sie auch mir geben. Gute Reise und tschüss!“ Peng, schon hatte er ihr die Tür vor der Nase zugeknallt.
„Max, wer war das?“, wollte seine Mutter wissen.
„Frau Engelhard!“, meldete er.
„Und wenn ich jetzt nicht weiterbasteln kann, wird mein Geschenk für Dodo nie fertig!“

Seine Mutter lächelte zufrieden. Der brave Junge bastelte für seine große Schwester ein Geschenk. Wie nett von ihm. „Ich störe dich bestimmt nicht mehr“, versprach sie. „Papa und ich gehen heute ins Theater und kommen erst spät. Dein Abendbrot steht im Kühlschrank!“

Max machte vor Freude einen Luftsprung, erinnerte sich aber zum Glück daran, dass er sonst nicht gerne allein zu Hause blieb: „Äh … ich … ich will nicht so lange allein bleiben. Wann kommt Dodo?“, fragte er mit gespielter Ängstlichkeit.

„Gegen neun. Aber da liegst du schon im Bett, verstanden?“

„Jaja, Mama, alles klar!“, säuselte Max. „Viel Spaß im Theater!“ Mit diesen Worten verschwand er in seinem Zimmer und schloss ab. Es war bereits zehn nach fünf!

Im Rekordtempo raste Max auf dem Skateboard zur Geisterbahn. Das dicke Klamottenbündel hatte er über die Schulter geworfen. Er sah sich um, ob er auch bestimmt nicht beobachtet wurde, und kletterte dann durch den Kanaldeckel in den unterirdischen Gang.

„Da bin ich wieder!“, begrüßte er seine Freunde.

Diesmal erhellten sieben flackernde Petroleumlampen den großen Geisterbahnraum.

„Ich habe einen Plan!“, verkündete Max.
Gespannt blickten ihn die Monster an.
„Ich weiß, wo dieser Herr Grünschädel wohnt, der die Tiefgarage bauen möchte. Ich schlage vor, dass drei oder vier von euch zu ihm gehen und ihm einen Höllenschreck einjagen. Ihr müsst ihn so schocken, dass er verspricht, die Garage NICHT zu bauen.“
Die Monster stimmten wieder ihr Jaulen an. Das bedeutete „großartig“.
„Damit euch auf der Straße niemand als Monster erkennt, habe ich euch Klamotten mitgebracht!“
Frank Steinchen lobte Max für die Idee und fragte: „Aber wer von uns soll zu diesem Herrn Grünschädel gehen?“
Max deutete auf Zerbi, den Werwolf, Luzilla und Boris. Nessina und die Mumie waren damit aber nicht

einverstanden. „Wir sind bedeutend schauriger!", meinten sie.
„Jetzt ist keine Zeit für Streitereien!", schnitt ihnen Max das Wort ab. „Ich habe nicht genug Verkleidungen für alle!" Hastig schlang er einen langen Schal um zwei der drei Köpfe von Zerbi. Nun sah dieser wie ein gewöhnlicher Hund aus, der starke Halsschmerzen hatte. Beim Werwolf genügten ein Hut und ein Mantel, um ihn wie einen Menschen aussehen zu lassen. Luzilla bekam ein Kopftuch und den Schlafrock von Max' Mutter, und Boris erhielt den Rest, der aus einer Kappe von Herrn Müller, einem Schal, einer Winterjacke und einer Sonnenbrille bestand.

„Wir müssen uns beeilen“, drängte Max.
Es war März und deshalb schon um sechs Uhr ziemlich finster, was der seltsamen Gruppe sehr zu Hilfe kam. Im Schutz der Dunkelheit huschten sie durch die Gassen zur Sonnenstraße, die zum Glück nicht weit vom Rummelplatz entfernt war. Zwei dunkle Schatten hefteten sich leise und unbemerkt an ihre Fersen …

SCHRECK AM ABEND

Es war bereits nach halb sieben Uhr, als die Monster und Max bei dem hohen, schwarzen, schmiedeeisernen Zaun ankamen, der das Grundstück der Grünschädels begrenzte. Das große Tor der Einfahrt stand offen. Am Pfosten neben dem Tor war eine Kamera befestigt, an der ein rotes Lämpchen brannte. Max sah sich suchend um. Konnten sie es wagen, hineinzugehen? Oder würden alle Sirenen losheulen, wenn sie durch das Tor traten? „Ha…hallo?“, rief Max zaghaft. Keine Antwort. Das war gut. „Schnell rein!“, flüsterte er seinen Freunden zu. „Aber bitte seid leise!“

Zerbis Kopf I knurrte dumpf unter dem Schal. „Mit diesem dämlichen Halswickel kann ich ohnehin nur die Schnauze halten!"

Die kleine Gruppe marschierte über den Kiesweg zu der weißen Villa, die von vielen Scheinwerfern angestrahlt wurde. Auf der rechten Seite des prachtvollen Hauses erkannte Max eine kleine Schwimmhalle mit hohen Fensterscheiben. Dahinter tummelten sich einige Jungen und Mädchen in Dodos Alter. Seine Schwester konnte er nicht entdecken.

Auf der rechten Seite der Villa waren alle Fenster hell erleuchtet, und hinter einem sah Max einen großen, kräftigen Mann, der an einem Schreibtisch saß und telefonierte. Er hatte dem Fenster den Rücken zugekehrt.

Die getäfelte Eingangstür der Villa stand offen. Wahrscheinlich hatte sie Egon junior für seine Partygäste offen gelassen. Max stieg zögernd die Treppe zum Eingang empor, die Monster im Schlepptau. Er spürte, wie sein Herz wild pochte. Da war sie wieder, die Angst. Max hatte die Eingangstür erreicht und spähte durch den Spalt in eine hell erleuchtete Halle. Nur ein paar Schritte weiter, und sie waren am Ziel. Aber er traute sich nicht mehr weiter. Der Mut hatte ihn völlig verlassen.

„Was ist denn, Jungchen?", fragte Luzilla und kostete von der eisernen Türklinke.

„Ich … äh … ich … also … ich … traue mich … nicht weiter!", gestand Max.

„Brauchst du auch nicht", meinte Wolfgang Amadeus. „Den Rest erledigen wir. Du wartest hier. Sollen wir dir ein Stück von dem fetten Kerl mitbringen? Brust oder Keule?"

Max winkte entsetzt ab. „Ihr sollt ihn nicht fressen, sondern nur erschrecken!“
Wolfgang Amadeus blickte enttäuscht, war aber einverstanden. Unerschrocken betrat er als Erster die Villa, die anderen stapften ihm hinterher. „He, die Verkleidungen!“, zischte Max. Die Monster hatten vergessen, sie abzulegen. Max wollte ihnen hinterhereilen, aber er kam nicht mehr dazu.
„Huuuaaaa!“, grölte jemand hinter ihm und packte ihn an der Schulter. Max erschrak so heftig, dass er das Gleichgewicht verlor und die Treppe vor der Eingangstür hinunterpurzelte. Er schlug hart auf, und rund um ihn wurde plötzlich alles still und stockfinster.
Zur gleichen Zeit standen der Werwolf, Luzilla, Boris und Zerbi vor der Tür, die zum Büro von Herrn Grünschädel führte. Von drinnen hörten sie die tiefe,

dröhnende und polternde Stimme des Mannes, der in den Telefonhörer brüllte: „Sie sind ein Idiot und haben keine Ahnung von Werbung! Sie sollten sich die Super-Überraschung für mein Kaufhaus ausdenken. Die Leute sollten in Scharen kommen! Und was schlagen Sie mir vor: Ein Märchenfest! Damit holen Sie doch heute keine

Oma mehr aus dem Koma … Was? … Sie schicken mir heute noch einen Vorschlag vorbei? … Gut, ich warte!“ Der Hörer wurde hingeknallt und wieder abgehoben, und Herr Grünschädel wählte eine andere Nummer.

„He, Sie Schwachkopf von einem Rechtsanwalt! Wo ist das Papier, das der Bürgermeister unterzeichnen muss, damit ich endlich meine Tiefgarage bauen kann? … Was? Liegt vor mir auf meinem Schreibtisch? … Äh … dann muss es verschwunden sein! … Was ist? Hat er unterschrieben? Können wir übermorgen anfangen zu bauen? Hören Sie, wenn ich dort keine Tiefgarage errichten kann, ist das Grundstück keinen Cent mehr wert! … Aha … der Bürgermeister hat eine Anmerkung auf das Papier geschrieben … die soll ich lesen … Mach ich!“ Wieder wurde der Hörer hingeknallt, und Papier raschelte.

„Auf ihn mit Gebrüll!“, gab Wolfgang Amadeus das Kommando. Die Monster richteten sich zu ihrer vollen Größe auf und stürmten in das Büro. Sie brüllten und kreischten und tobten, und Herr Grünschädel rutschte vor Schreck aus seinem dick gepolsterten Stuhl zu Boden. Langsam tauchte sein Kopf wieder über der Tischplatte auf.

„Wer zum Teufel sind Sie?“, tobte er, als er seine Fassung wiedergefunden hatte.

„Wir sind die Monster!“, brüllten sie im Chor.

Was nun folgte, verstanden die Spukgestalten überhaupt nicht. Herr Grünschädel bekam keinen Angstanfall, sondern einen Lachkrampf.

„Sie wollen Monster sein?“, grunzte er. „Sie sind Witzfiguren! Die besten, die ich je gesehen habe! Hahahaha!“

Erst jetzt fiel den vier Monstern auf, dass sie noch immer die Verkleidungen trugen. Rasch rissen sie sich die Klamotten herunter und bauten sich vor Herrn Grünschädel auf. Der Werwolf zog drohend die Lefzen hoch, Luzilla zerbiss einen Brieföffner, Zerbi ließ aus allen drei Mäulern Stichflammen schießen, und Boris grölte und wankte.

Herr Grünschädel wurde mit einem Mal ziemlich klein und ging wieder hinter seinem Schreibtisch in Deckung. „Äh … das mit den Witzfiguren nehme ich zurück … Sie … Sie sehen toll aus … echt gruselig … also, so tolle Kostüme habe ich noch nie gesehen … Sie muss dieser Werbeheini geschickt haben, der sich eine Überraschung für mein Kaufhaus ausdenken soll … Tolle Idee … kommen Sie näher … ich will mit Ihnen sofort besprechen, was Sie alles machen sollen!“

Der Werwolf, Zerbi, Luzilla und Boris trauten ihren Ohren nicht. Der Mann erschrak gar nicht richtig. Sie hatten noch nicht einmal sagen können, was sie wollten. Herr Grünschädel schob sie in das Nebenzimmer und begann wie ein Wasserfall auf sie einzureden.

Aber was war mit Max geschehen?

Langsam schlug Max die Augen auf. Er spürte einen stechenden Schmerz in seinem Schädel. Aber da war noch etwas anderes: Etwas Weiches, Warmes wischte immer wieder über sein Gesicht. Max drehte seinen Kopf und erblickte die Schnauze von … Nessina, die ihn ableckte. Neben ihr stand die Mumie, die den Jungen sehr besorgt betrachtete.

„Max, bitte verzeih uns. Wir wollten dich nicht erschrecken", hauchte Nessina.

„Was … wie kommt ihr hierher?", fragte er erstaunt.

„Wir sind euch nachgeschlichen, weil wir nicht zurückbleiben wollten!", erklärte die Mumie. Max richtete sich stöhnend auf. „Sind die anderen … noch drinnen?", wollte er wissen. Nessina und die Mumie nickten. „Aber sie haben noch ihre Verkleidungen an! Ihr müsst ihnen das sagen, sonst erschrickt

Herr Grünschädel nie!“ Die Mumie versprach, sich darum zu kümmern, und huschte die Treppe zur Eingangstür hinauf.
Als sie das Haus betrat, empfing sie Grabesstille. Die Mumie drehte sich einmal im Kreis und beschloss, den Kopf durch die einzige Tür zu stecken, die offen stand. Dahinter befand sich das Büro von Herrn Grünschädel, das allerdings leer stand. Die Mumie umrundete den Schreibtisch und wühlte in den Papieren, die sich darauf türmten. Dabei fiel ihr auch ein Brief in die Hände, auf dessen Oberkante gedruckt stand: Der Bürgermeister. Die Mumie konnte ägyptische Hieroglyphen gut lesen, tat sich aber bei der modernen Schrift etwas schwer.

„Sehr geehrter Herr Grünschädel! Als Bürgermeister der Stadt begrüße ich den Bau der Tiefgarage am Rande des Rummelplatzes und erteile Ihnen dazu die Bewilligung. Sie können ab sofort mit dem Abbruch der Geisterbahn beginnen.“

Die Mumie nestelte aufgeregt an ihren Bandagen. Langsam, sehr langsam hob sie dann die Sonnenbrille, und aus ihren kleinen, grünen Augen schossen zwei dünne, helle grüne Strahlen auf das Papier. Drei Sekunden später ließ die Mumie die Brille wieder vor die Augen sinken und legte den Brief zurück.
Keinen Augenblick zu früh, denn die Tür zum Nebenzimmer wurde aufgerissen, und Herr Grünschädel kehrte mit den Monstern zurück.
„Da ist ja noch eines!“, jubelte Herr Grünschädel. „Guter Junge, wenn Sie für Egon Grünschädel arbeiten wollen, gewöhnen Sie sich Pünktlichkeit an. Aber jetzt auf

Wiedersehen, ich erwarte Ihren Anruf." Er drückte Wolfgang Amadeus eine seiner Geschäftskarten in die Pfote und schob die fünf zur Tür hinaus.

„Was … was war?", fragte Max aufgeregt, als er seine Freunde die Treppe heruntertaumeln sah. Zerbis Köpfe waren diesmal einer Meinung: „Es war eine Pleite! Der Mann hält uns für verkleidete Menschen. Er will, dass wir als Werbegag in seinem Kaufhaus auftreten!" Max seufzte tief. Sein Plan war gründlich danebengegangen. Was jetzt?

Während Max noch grübelte, schallten gellende Schreie durch die Nacht. Er drehte sich um und sah, wie die Glastüren der Schwimmhalle aufgerissen wurden und die jungen Leute klitschnass in die Kälte stürmten. Unter ihnen entdeckte er auch Dodo, die sich an Egon junior klammerte und wild kreischte. Im Schwimmbecken hinter ihnen plantschte Nessina vergnügt herum. Sie war einfach in das Hallenbad gewatschelt, weil sie nun mal an keinem Pool vorbeikonnte, ohne sich darin auszutoben. Der Werwolf pfiff auf den Pfoten, worauf das Ungeheuer aus dem Wasser schoss und zu seinen Freunden stapfte.
„Schnell weg hier!“, kommandierte Max, der eine Katastrophe nahen sah.
Von der Straße her kamen ihnen sieben Osterhasen auf Motorrollern entgegen. Sie schienen der neue Werbegag zu sein, den der Mann am Telefon versprochen hatte.
„An denen kommen wir nicht vorbei“, jammerte Max.

„Das haben wir gleich!", meinten die Monster.
Was die Leute in den Osterhasenkostümen dann erlebten, war schauriger als jeder Horrorfilm. Zuerst wankte aus der Dunkelheit eine Mumie auf sie zu. Sie hatte die Arme vorgestreckt, und ihre Hände hingen schlaff nach unten. Aus den Augen schossen wieder dünne, grüne Strahlen, die die Reifen der Motorroller trafen und sofort zum Platzen brachten. Hinter der Mumie kam Boris und strahlte in voller Beleuchtung. Ihm folgte Luzilla, die den Motorrollern die Rückblickspiegel abbiss und laut schmatzend zerkaute. Die Osterhasen hatten sich von all diesen Schrecken gerade halbwegs erholt, da tauchte Zerbi auf. Kopf 1 bellte, Kopf 2 heulte, und Kopf 3 knurrte. Schreiend suchten die „falschen Hasen" das Weite, und die Monster verfolgten sie. Nur Wolfgang Amadeus Werwolf blieb zurück.

„Ich hätte zu gerne … einen … ein wenig …!“ Genüsslich leckte er sich über sein Maul und blickte Max dabei gierig an: „Na, möchtest du nicht auch in jeder Vollmondnacht ein Wolf werden?“ Max wehrte entsetzt mit den Händen ab und lief los. Wolfgang Amadeus folgte ihm.

Max rannte, so schnell er konnte. Entsetzt erkannte er die runde Mondscheibe, die zwischen den Wolken aufgetaucht war. War erst heute Vollmond? Der Werwolf war schneller als er. Max spürte bald seinen keuchenden, nassen Atem an seinem Hals. „Nein, nicht!“, schrie er auf.

DER NÄCHSTE SCHRECK!

Die Beine von Max flogen nur so über den Kies.
Hinter sich hörte er das gleichmäßige Stampfen und Keuchen des Werwolfes. Immer wieder gelang es Max, einen kleinen Vorsprung zu erringen, aber plötzlich bekam er Seitenstechen und musste stehenbleiben. Stöhnend fasste er an seine Hüfte und rang nach Luft. In der nächsten Sekunde tauchte der Werwolf neben ihm auf und packte ihn mit beiden Pfoten. Er drehte Max zu sich und beugte die haarige Schnauze ganz nahe an sein Gesicht. Max spürte, wie die nasse, braune Nase seine Wange berührte und der Werwolf das Maul aufriss. Ihm ekelte, denn Wolfgang Amadeus roch ziemlich übel aus dem Rachen. Der Gestank erinnerte den Jungen an altes Fleisch.

Max öffnete den Mund, um etwas zu sagen, aber er brachte kein Wort über die Lippen. Er schloss die Augen und wartete auf den Biss, der auch ihn in einen Werwolf verwandeln würde.
Der Biss kam nicht. Stattdessen raunte ihm Wolfgang Amadeus ins Ohr: „Äh … ich hoffe, du verzeihst die kleine … äh … Entgleisung … und bitte sage nichts Frank Steinchen oder den anderen. Sonst sperren sie mich wieder ein.“ Max riss die Augen überrascht auf.

Er nickte langsam, und der Werwolf atmete erleichtert auf.
Nessina kam zurück und bot Max an, ihn auf dem Rücken zu tragen. Dankbar nahm er die Einladung an.
Als sie bei der Geisterbahn eintrafen, war es schon kurz nach neun Uhr. Max erschrak. Er musste schnellstens

nach Hause. Vielleicht war Dodo schon da und hatte bemerkt, dass er fort war? Wolfgang Amadeus überreichte ihm die Geschäftskarte von Herrn Grünschädel, und Max verabschiedete sich.
„Das heute war eine Pleite … aber ich werde mir was einfallen lassen!“, sagte er.
Gerade noch rechtzeitig traf er daheim ein. Dodo kam nur fünf Minuten nach ihm an. Als eine halbe Stunde später seine Eltern zurückkamen, lag der Junge friedlich im Bett und stellte sich schlafend. In Wirklichkeit grübelte er fieberhaft, was er noch machen konnte. Irgendwie wuchs ihm das alles über den Kopf.
Bis vor zwei Tagen war sein Leben langweilig und ohne Freunde verlaufen. Und jetzt? Jetzt gab es jede Minute eine neue Überraschung, und nicht nur das. Er hatte gleich neun Freunde, die allesamt Monster waren. War das alles verrückt!
„Was soll ich nur tun, damit sie ihre Geisterbahn behalten können?“ Mit diesen Gedanken schlief Max ein.

Beim Frühstück fiel Max auf, wie blass seine große Schwester war. Daran war bestimmt der Schreck im Hallenbad schuld. „Geschieht dir recht“, dachte Max triumphierend. Dabei war Nessina bestimmt noch das harmloseste aller Monster.
„Mama, ein Junge aus meiner Klasse fährt heute am Abend in die Nachbarstadt und hat mich eingeladen mitzukommen“, begann Dodo.
Frau Müller runzelte die Stirn. „Wer ist der Junge, und was will er in der Nachbarstadt?“
Dodo schluckte und erklärte: „Er heißt Egon Grünschädel, und seinem Vater gehört das Kaufhaus Grünschädel. Der kommt übrigens mit. Denn eigentlich ist er zur Eröffnung einer Art Zirkus eingeladen. Es ist der Monsterzirkus von Karla Kätscher und soll eine tolle Show sein.“
Frau Müllers Stirn wurde wieder glatt. „Na ja, wenn Herr Grünschädel persönlich dabei ist, ist nichts zu befürchten. Aber man kann nie vorsichtig genug sein. Es geschehen so viele entsetzliche Dinge.
Erst vor ein paar Tagen ist wieder eine Bank in der Stadt überfallen worden. Von Täter und Beute fehlt jede Spur!“

Der Name Karla Kätscher traf Max wie ein Blitz. Für seine Freunde bestand höchste Gefahr! War sie ihnen wieder auf der Spur? Hatte sie das Versteck in der Geisterbahn entdeckt?
„Mama, darf ich auch mit?“, fragte er sofort. Er musste diese Karla Kätscher sehen. Dodo warf ihm wieder einmal einen giftigen Blick zu. Aber Frau Müller gefiel die Idee.
„Wenn dein Bruder auch mitkommen kann, darfst du fahren!“, sagte sie.
Die große Schwester verdrehte die Augen. „Ich werde Egon fragen.“

Max spürte, wie es in seinem ganzen Körper kribbelte. Oh nein, die Aufregungen hörten überhaupt nicht auf. Wenn die Monster schon morgen aus der Geisterbahn ausziehen mussten, dann würde sie Karla Kätscher bestimmt finden.
Am Nachmittag konnte Max dann endlich wieder seine Freunde in der Geisterbahn besuchen. Die Meldung über Karla Kätscher schlug ein wie eine Bombe. Die Ungeheuer, die so gerne die Menschen zum Zittern brachten, schlotterten nun selbst am ganzen Körper.
„Ich hoffe, dass ich heute am Abend mitfahren und irgendetwas erfahren kann“, versuchte Max sie zu beruhigen. Aber es half nichts. Am nächsten Tag sollten die Bagger kommen und die Geisterbahn niederreißen. Es war hoffnungslos.
Max rannte nach Hause und wurde dort bereits von Dodo empfangen. „Danke, dass du mir den Abend verpatzt hast!“, schnauzte sie ihn an. „Du kannst mitfahren. Aber wehe, du hängst an meinem Rockzipfel. Ich will dich weder sehen noch hören, Winzling! Außerdem werde ich mich rächen, verlass dich darauf!“
Um sechs Uhr fuhr ein protziger dunkelblauer Wagen vor. Ein Fahrer mit Käppi stieg aus und riss für Max und Dodo die hintere Wagentür auf. Dort gab es sogar zwei Bänke, die mit Leder bezogen waren und auf denen die Fahrgäste einander gegenübersaßen.
Auf einer Bank hatten Egon junior und Egon senior Platz genommen, auf die andere setzten sich Max und seine Schwester. Die beiden Größeren ließen

den Jungen spüren, dass er unerwünscht war, und sprachen mit ihm kein Wort.
Herr Grünschädel bemerkte es und versuchte, Max aufmunternd anzusprechen. „Na, Kleiner, gehst du schon zur Schule!“
Schon bei diesem Satz sträubten sich Max die blonden Haare. „Ja“, brummte er.
„Und … was spielst du gerne?“

„Am liebsten spiele ich mit Monstern!", gab Max patzig zur Antwort. „War die Geisterbahn sehr teuer?", wollte er wissen.
Herr Grünschädel schüttelte den Kopf. „Nee, die habe ich für ein paar Euro gekauft. Allerdings wird das Grundstück Millionen wert, wenn der Bürgermeister die Bewilligung erteilt, dass ich meine Tiefgarage darauf bauen darf!"
Max horchte auf. „Die Bewilligung ist noch nicht da?"
Herr Grünschädel war diese Frage unangenehm.
„Äh … angeblich doch … aber ich kann sie nicht finden!"
Das ließ Max aufatmen. Wenigstens bestand die Hoffnung, dass sich der Baubeginn verzögerte.
„Aber wieso interessiert dich das?"
Max verzog das Gesicht. „Äh … ich bin bei Super Mario besser als Dodo!", wechselte er schnell das Thema.
Zum Glück fragte Herr Grünschädel nicht weiter nach.

Das Zelt, in dem Karla Katschers Monstershow stattfand, war gelb und giftgrün gestreift, und über ihm schwebten aufgeblasene Ungeheuer, die King Kong, Nessie und ein Frankensteinmonster darstellten. Sie wurden von Scheinwerfern angestrahlt und sahen nicht besonders gruselig aus.

Von allen Seiten strömten Menschen in das Zelt, in dem eine Bühne mit Vorhang aufgebaut war. Pünktlich um halb acht erloschen die Lichter, schaurige Orgelmusik begann zu dröhnen, und über den Vorhang tanzten Irrlichter.

Auf die Bühne trat eine besonders dürre, besonders große, schwarzhaarige Frau. Ihr Haar war zu einem straffen Knoten gebunden, und ihr Körper steckte in einem engen Kleid, das wie die Haut einer Schlange aussah. Über ihren Schultern hing eine Art Schal, der das Muster eines giftgrünen Spinnennetzes hatte. Karla Kätscher!

Sie begrüßte das Publikum und wünschte schaurige Unterhaltung. Max saß in der ersten Reihe und konnte sehen, wie klein und stechend ihre Augen waren. Die Lippen waren schwarz geschminkt, und bestimmt hatte sie vor 30 Jahren zum letzten Mal gelächelt. Karla Kätschers Gesicht war hart wie Stein. Jetzt konnte Max verstehen, dass selbst Monster vor dieser Frau Angst hatten.

Was danach auf der Bühne passierte, ließ aber nicht einmal den ängstlichen Max erschaudern. Monster aus alten Lumpen und Pappe torkelten über die Bretter und heulten ein jämmerliches „Huhu!“. Als sich der Vorhang wieder schloss, wurde mehr gepfiffen als applaudiert.

In der Pause meinte Herr Grünschädel: „Was für ein Mist! Ich schlage vor, wir gehen, und ich lade euch noch auf eine Pizza ein.“ Dodo und Egon waren einverstanden.

„Moment mal, bevor wir fahren, möchte ich ein Wörtchen mit dieser Frau reden, der der Laden gehört!“, sagte Herr Grünschädel plötzlich. „Ich muss sie fragen, ob diese Monster gestern von ihr waren. Der Werbeheini hat sie mir nicht geschickt, und der Chef der Truppe meldet sich nicht bei mir.“ Der Geschäftsmann stapfte los.

Max ging ihm nach.

Die Besitzerin der Show stand hinter dem Zelt und rauchte eine Zigarette, die in einer langen, dünnen Spitze steckte. „Was? Monster soll ich Ihnen geschickt haben, für einen Werbegag? Das war ich nicht. Aber wie haben die Biester ausgesehen? Vielleicht sind sie interessant für mich!“

Herr Grünschädel wollte anfangen, sie zu beschreiben, aber Max drängte sich dazwischen. „Äh … ich … ich weiß, von wem diese Monster sind“, sagte er hastig. „Die … äh … die … vermietet jemand.“

Herr Grünschädel blickte Max erstaunt an. „Interessant, und an wen muss ich mich wenden?“

In Max’ Kopf ratterte es förmlich beim Nachdenken. „Äh … ich weiß nicht, wie der Mann heißt, aber … aber …!“

Auf einmal fiel ihm etwas ein. Als ihr Auto kaputt war, hatte sich Papa eines gemietet. Wieso sollte man nicht auch Monster mieten können? „Da ist so eine Agentur, die heißt … äh … Miet-Monster und Co!“

Frau Kätscher beugte ihr steinernes Gesicht zu Max. „Miet-Monster und Co? Nie gehört!“

Max nickte heftig. „Morgen werden Sie angerufen, Herr Grünschädel. Ich kenne da jemanden und werde ihm sagen, dass er sich bei Ihnen melden soll.“

Der Mann war sofort einverstanden.

„In einem Monat werde ich im Besitz von ECHTEN Monstern sein“, pries Frau Kätscher an. „Kein fauler Zauber aus Pappe und Stoff. Echte, lebendige Monster kann ich Ihnen dann beschaffen. Mein Assistent Adonis ist ihnen auf der Spur. Im Augenblick sucht er in Schottland nach der Tochter des Ungeheuers von Loch Ness. Ich weiß aus sicherer Quelle, dass es dieses Untier tatsächlich gibt. Ich erwarte täglich eine Nachricht von Adonis!“
Herr Grünschädel schenkte den Worten der Frau keinen Glauben. „Wiedersehen, und Ihre Show empfehle

ich bestimmt nicht weiter“, sagte er barsch und ging. Max konnte es sich nicht verkneifen, sich noch einmal umzudrehen und Frau Kätscher die Zunge rauszustrecken. Sie warf ihm einen stechenden Blick zu und verzog wütend die schwarzen Regenwurmlippen.

Max, der sonst Pizza für sein Leben gerne aß, schmeckte es diesmal gar nicht. Er wollte so schnell wie möglich nach Hause. Er hatte nämlich eine neue Idee …

WAS TUN MIT KARLA KÄTSCHER?

Max raste ins Wohnzimmer, wo seine Eltern vor dem Fernseher saßen. „Mama, ich muss noch schnell in die Wohnung von Frau Engelhard und die Blumen gießen. Ich habe es ihr versprochen und gestern schon vergessen!“ Zum Glück lief gerade die Lieblingsserie seiner Eltern, und sie nickten nur zerstreut.

Max raste einen Stock tiefer und sperrte die Wohnung von Frau Engelhard auf. Drinnen war es stockfinster und still. Max blieb in der Tür stehen und schluckte. Da war sie wieder, die Angst, die ihn nie losließ.
„Hallo … ich komme jetzt hinein!“, sagte er leise.
Die Antwort war ein langgezogener, schriller Schrei.
Aus der Finsternis schoss eine schwarze Gestalt und stürzte sich auf Max. Er schrie auf und taumelte zurück.

Vor ihm auf dem Gang hockte ein fetter, gefleckter Kater und miaute hungrig. Max atmete erleichtert auf. „Von dir hat Frau Engelhard gar nichts gesagt!“ Er betrat die Wohnung und knipste in allen Zimmern das Licht an. Nachdem er die Katze versorgt und die Blumen gegossen hatte, holte er das Telefonbuch und suchte die Nummer der telefonischen Telegrammaufgabe. Er kannte diese altmodische Art, Nachrichten zu verschicken, von seiner Mutter. Immer wenn eine Tante Geburtstag hatte, gab sie ein Glückwunschtelegramm durch, das sofort verschickt wurde. Die Kosten wurden auf die Telefonrechnung gesetzt.

Max zog ein Flugblatt der Monstershow aus der Hosentasche, auf dem die derzeitige Adresse stand, und rief beim Postamt an. „Ich möchte ein Telegramm an Frau Karla Kätscher schicken“, brummte er mit möglichst tiefer Stimme. Er gab die Adresse durch und anschließend den Text: „Kommen Sie sofort nach Schottland. Habe Nessis Tochter gefunden. Adonis.“ Max konnte nur hoffen, dass Frau Kätscher nicht auffiel, dass das Telegramm gar nicht in Schottland abgeschickt worden war. „Wird es noch heute ankommen?“, fragte er.

Die Frau am anderen Ende der Leitung bestätigte, und Max legte schnell den Hörer auf.
Am nächsten Morgen brach er etwas früher als sonst in die Schule auf. Er machte nämlich noch einen schnellen Abstecher in die Wohnung von Frau Engelhard, fütterte die Katze, und wählte die Nummer der Monstershow.
Am anderen Ende meldete sich eine besonders unfreundliche Männerstimme.
„Guten Tag, ich muss dringend Frau Kätscher sprechen!“, schwindelte Max.
„Die Chefin ist heute zeitig in der Früh abgereist und kommt erst in einigen Tagen wieder. Kartenbestellungen nehme ich entgegen.“
Max murmelte etwas von „Nein, danke!“ und legte auf.
Dann packte er den dicken Kater und führte mit ihm einen Freudentanz auf. Er hatte es geschafft.
Frau Kätscher war fort!

Der nächste Gedanke durchzuckte Max aber wie ein glühender Blitz. „Was ist, wenn der Bürgermeister heute seine Einwilligung gibt und der Bau der Tiefgarage doch beginnt?“
Die Schulstunden, die folgten, waren die schlimmsten seines Lebens. Max war unaufmerksam und bekam drei Ermahnungen. Standen die Baumaschinen schon bei der Geisterbahn?
Endlich war die Schule aus. Max sauste auf seinem Skateboard los. Unterwegs fuhr er an mehreren Bulldozern und Lastwagen vorbei, die alle den Rummelplatz ansteuerten. Oh nein! Vor Max tauchten die Achterbahn und das Riesenrad auf. Er war gleich da. Aber auch die Bulldozer steuerten auf das Gelände zu. Jetzt bogen sie in die Zufahrt ein …

Max stieg vom Skateboard ab und ging langsam weiter. Wumms! Beinahe wäre er in einen Lastwagen gerannt, der angehalten hatte. Da war eine Baustelle. Aber es war nicht die Geisterbahn, sondern das Autodrom! Es wurde vergrößert, wie ein Plakat ankündigte.

Max jubelte zum zweiten Mal an diesem Tag und rannte zur Geisterbahn weiter. Sie stand noch immer unversehrt da, und weit und breit war keine Baumaschine zu entdecken. Er schlüpfte durch den Kanal und traf gleich darauf die Monster. Sie hatten sich in dem riesigen und hohen Hauptraum versammelt und starrten gebannt an die Wände.

„Ich glaube, die Bagger kommen heute nicht!", verkündete Max die frohe Botschaft. „Herr Grünschädel findet nämlich die Bewilligung des Bürgermeisters nicht. Falls dieser überhaupt eine erteilt hat!"

Die Mumie drehte einen ihrer Stoffstreifen zwischen den Fingern und sagte ganz beiläufig: „Der Bürgermeister hat die Bewilligung erteilt. Ich habe den Brief selbst gesehen!"
„Was?" Alle starrten das ägyptische Monster erschrocken an. „Aber …", setzte die Mumie fort, „ich habe meinen Unglücksblick darauf geworfen, und da hat der Wortlaut schnell ganz anders ausgesehen."
„Wie?", wollten alle wissen.
„Da stand dann: Sehr geehrter Herr Grünschädel! Leider muss ich Ihnen mitteilen, dass Sie auf dem Gelände der alten Geisterbahn keine Tiefgarage bauen dürfen!"
Die Monster brachen in jubelndes Geheul aus, und Max stimmte ein.
„Wieso haben Sie uns das nicht früher mitgeteilt?", wollte Frank Steinchen wissen.
„Weil ich beleidigt war, dass ihr mich nicht zu dieser Aufgabe mitnehmen wolltet!", erwiderte die Mumie.

„Halt!“ Max sah ein neues Problem auf sie zukommen.
„Karla Kätscher habe ich nach Schottland in die Irre geschickt. Herr Grünschädel wird toben, weil er seine Garage nicht bauen darf, aber vielleicht trifft er den Bürgermeister einmal und redet mit ihm. Dann fliegt der Schwindel auf und er wird die Garage doch bauen!“
Ratlose Stille kehrte ein. Daran hatte noch keiner gedacht. „Schade, dass uns die Geisterbahn nicht gehört!“, murmelte Frank Steinchen.
„Das Grundstück, auf dem sie steht, kostet Millionen!“, seufzte Max. „Woher wollt ihr so viel Geld nehmen?“
Die Monster hatten keine Idee, und so hieß es weiter nachzudenken. Max musste jetzt aber nach Hause und verabschiedete sich hastig.
Dodo hockte beim Mittagstisch und starrte trübsinnig in ihre Suppe.
„Na, hat dein Egon endlich erkannt, was du für eine Pflaume bist?“, fragte Max spöttisch.

„Klappe zu, Winzling, es zieht!“, knurrte Dodo. „Sein alter Herr hat ihm Hausarrest gegeben, weil er schlechte Laune hat. Er hat gestern irgendeinen Brief vom Bürgermeister bekommen, in dem ihm der Bau der Tiefgarage verboten wird. Er behauptet jetzt, dass er Millionen verloren habe und dass er von Glück reden könne, wenn ihm jemand wenigstens ein paar Euro für die dämliche Geisterbahn bezahlt.“

Max lachte auf. Ihm kam eine großartige Idee. Eigentlich sollte er sie mit seinen Monsterfreunden besprechen, aber dazu blieb keine Zeit. Er hatte gestern durch Zufall etwas erfunden, womit er vielleicht Geld verdienen konnte.

„Findest du es lustig, dass Herr Grünschädel so viel Geld verliert?“, schnauzte ihn Dodo an.

Max setzte eine ernste Miene auf. „Nein, tieftraurig. Herr Grünschädel wird bestimmt sein Haus samt Schwimmbad verkaufen müssen."
Dodo starrte ihn erstaunt an. „He, woher weißt du, dass er ein Schwimmbad hat?"
„Äh … habe ich einmal gehört!", schwindelte Max. Aber seine große Schwester kniff die Augen misstrauisch zusammen. „Mit dir stimmt etwas nicht, Winzling, und ich werde es herausfinden."
Max ersparte sich jeden Kommentar.
„Ich muss Blumen gießen und Katze füttern!", sagte er und stand auf.
In Wirklichkeit hatte Max natürlich anderes vor.
Er holte ein Kästchen aus seinem Zimmer, das er zu Weihachten geschenkt bekommen hatte. Darin war eine Art elektrisches Saxophon, auf dem auch das größte musikalische Trampeltier spielen konnte. Aber das rote Plastikding hatte etwas sehr Nützliches eingebaut. Ein Mikrofon! Sprach man etwas hinein, kam die Stimme völlig verzerrt aus dem Lautsprecher. Sie klang tiefer und viel erwachsener. Genau das brauchte Max jetzt.
Er hockte sich in der Wohnung der Nachbarin auf den Boden und nahm das Telefon. Dann stellte er das Gerät auf eine besonders tiefe Stimme ein, zog die Geschäftskarte von Herrn Grünschädel heraus und wählte dessen Büronummer. Eine Sekretärin meldete sich, und Max sagte in das Mikrofon: „Ich möchte bitte

Herrn Grünschädel sprechen. Er erwartet meinen Anruf! Sagen Sie ihm, hier spricht Miet-Monster und Co."
Max hörte, wie die Frau nach Luft schnappte. Dann rief sie nach hinten in den Raum: „Chef … da ist Miet-Monster und Co. … aber der Typ klingt, als wäre er selbst ein Monster!"
„Ich weiß schon, verbinden Sie!", brüllte Herr Grünschädel aus dem Hintergrund. Es klickte, und der Chef meldete sich persönlich.

„Ja?“, knurrte er in den Hörer. „Hier Miet-Monster und Co.“, meldete sich Max mit seiner schaurigsten Stimme. „Wie ich hörte, haben Sie Interesse an unseren Monstern!“

Der Geschäftsmann wurde etwas freundlicher. „Ja, ich brauche sie für mein Kaufhaus. Einen Tag lang. Was kostet das?“ Max hatte lange darüber nachgedacht. 100 Euro erschienen ihm aber zu viel. Als er eine längere Pause machte, bellte Herr Grünschädel: „Hören Sie, mehr als 3000 Euro zahle ich für den Spuk nicht!“

Max fiel fast der Hörer aus der Hand. „Äh … äh … ich denke … das wird sich machen lassen!“, hauchte er.

„Die Monster sollen am Freitag um vier Uhr am Nachmittag in meinem Kaufhaus sein. Wie erfolgt die Bezahlung?“

Max sagte einen Satz, den er von seinem Vater kannte: „Bar auf die Hand ist mir am liebsten. Geben Sie das Geld gleich meinen Monstern mit!“ Er legte auf und brauchte einige Zeit, bis er sich beruhigt hatte. 3000 Euro!

So viel Geld hatte er noch nie auf einem Haufen gesehen. Max fasste noch einmal Mut und stellte auf seinem Gerät eine Frauenstimme ein, die ein wenig wie Micky Maus quietschte. Wieder wählte er die Büronummer von Herrn Grünschädel. „Tagchen, hier Lotti Hubermüller!“, meldete er sich. „Ich muss dringend den Chef sprechen. Bitte sofort, es ist sehr wichtig!“ Zum Glück fragte die Sekretärin nicht lange, sondern stellte Max durch. „Hallo, Herr Grünschädel. Ich muss Sie etwas fragen. Sie besitzen doch die grüne Geisterbahn auf dem Rummelplatz!“ Der Mann knurrte etwas, das nach „Ja“ klang.

„Ich würde sie gerne kaufen, weil … nun ja … weil … weil … wissen Sie … also … natürlich kann ich nicht viel bieten!“ Max hörte, wie Herr Grünschädel vor sich hinmurmelte.

„Scheint doch mein Glückstag zu sein. Für 10 000 Euro habe ich das Ding gekauft. Und wenn ich schon nicht Millionen daran verdienen kann …“ Seine Stimme wurde wieder lauter. „Sagen wir … 50 000, und sie gehört Ihnen!“

Max schluckte. „Ist das Ihr letztes Wort?“

Herr Grünschädel brummte missmutig und sagte dann: „Na gut … 40 000!“ Das war noch immer unglaublich viel Geld. Max versprach, sich demnächst wieder zu melden, und legte auf. Wenn er an die Summe von 40 000 Euro dachte, wurde ihm schwindlig. Aber wie sagte seine Mutter manchmal? Wo ein Wille ist, ist auch ein Weg! Max beschloss, noch in dieser Nacht zu seinen Freunden zu laufen und ihnen alles zu erzählen. Aber halt! Eine Sache war noch immer unklar. Wer war vor drei Tagen noch in der Geisterbahn gewesen? War es derselbe Typ, der später wieder herumgeschnüffelt hatte, der Kerl im Lederanzug? Wer war das? Max beschloss, mit den Monstern darüber zu reden, aber in der Aufregung vergaß er es wieder. Und das war schlecht!

MIET-MONSTER & CO.

Zum Glück konnte Max am Abend noch einmal den Trick mit dem Geburtstagsgeschenk für Dodo anwenden und sich heimlich aus dem Haus schleichen.

„Ich habe eine gute und eine weniger gute Neuigkeit!“, sagte er seinen Freunden. Er begann damit, dass die Geisterbahn ein Vermögen koste, und schloss den Bericht mit den Worten: „Aber ich wette, wir können dieses Geld verdienen. Ich werde in die Zeitung eine Anzeige setzen: Monster zu vermieten. Die Leute werden sich melden. Sie können ja bei Frau Engelhard anrufen. Die hat auch einen Anrufbeantworter. Natürlich muss ich noch den Ansagetext ändern. Das funktioniert sicher! Allerdings müsstet ihr dazu unter Leute gehen.“

„Unter Leute gehen, niemals!“, winkte Frank Steinchen ab.

„Aber alle werden euch für verkleidete Menschen halten!“, erklärte Max. „Niemand kommt auf die Idee, dass ihr echt seid.“

Die Ungeheuer berieten sich und waren schließlich einverstanden.

„Vorläufig sind alle Gefahren gebannt“, meinte Max, „und wenn wir uns anstrengen, gehört die Geisterbahn bald euch, und niemand kann sie euch mehr wegnehmen. Dann seid ihr vor dieser Karla Kätscher sicher!“

Diese Aussicht gefiel den Monstern sehr. Max freute sich. Er musste schleunigst nach Hause, bevor seine Mutter Verdacht schöpfte.

Als Max durch das runde Kanalloch ins Freie kletterte, empfing ihn tiefe Finsternis. Er zuckte zusammen. Was war da los? Normalerweise brannte hier eine Straßenlaterne.

„Wir sägen ein Loch in die Wand, das ist die einzige Möglichkeit!“, hörte er eine tiefe Männerstimme ganz in der Nähe sagen.

„Und wenn uns jemand sieht?“, warf eine zweite, etwas höhere Stimme ein.

„Wer soll uns sehen? Ich habe die Straßenlaterne kaputt gemacht, damit es stockfinster ist.“

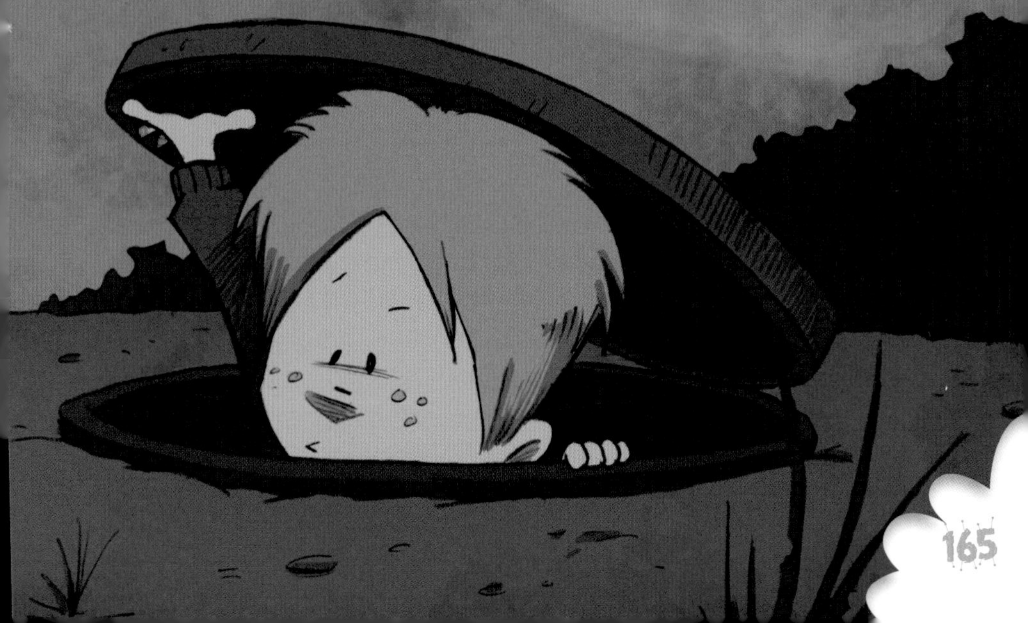

Max spürte, wie sein Herz pochte und das Blut in seinen Ohren rauschte. Da wollte jemand in die Geisterbahn einbrechen. Er blieb regungslos im Kanal stehen und starrte angestrengt in die Richtung, aus der die Stimmen kamen.

Langsam gewöhnten sich seine Augen an die Dunkelheit, und er erkannte die Schatten zweier Menschen. Der eine war ziemlich klein und bullig und der zweite ebenfalls klein, aber sehr dürr. Beide hatten unnatürlich große, runde Köpfe.
„Der Motorradfahrer von vorgestern!", sagte Max lautlos. Er hatte den Dicken wiedererkannt. „Wenn ich nur wüsste, was die hier wollen!", überlegte er fieberhaft. Die Typen hatten eine Säge ausgepackt und säbelten ein Loch in die Wand. Er musste seine Freunde warnen!
Max raste den Geheimgang hinauf und schoss wie eine Rakete durch die Falltür. „Ihr müsst euch in Sicherheit bringen. Es kommt jemand. Hört ihr nicht, dass ein Loch in die Wand gesägt wird?", rief er mit heiserer Stimme.
Im verstaubten Wohnzimmer der Monster saßen nur noch die Mumie und der Werwolf.

„Doch, doch", meinte Wolfgang Amadeus. „Aber wir dachten, es handelt sich um ein paar Holzwürmer."

„Tut doch etwas", flehte Max. „Da!" Er deutete auf eine dünne, blitzende Säge, die gleichmäßig raus- und reinfuhr. Sägemehl rieselte zu Boden.

„Das haben wir gleich!" Mombo hob die Brille, und zwei grüne Strahlen sausten aus seinen Augen auf den glänzenden Stahl der Säge. Doch diesmal wirkte sein böser Blick nicht. Die Strahlen wurden wie von einem Spiegel abgelenkt und zischten nach oben, wo sie einen trüben Kristalllüster trafen, der darauf aus der Halterung rutschte und zu Boden krachte. Aufgeschreckt stürzten nun auch die anderen Bewohner der grünen Geisterbahn herein.

„Was ist los?“, wollten sie wissen.
Max deutete stumm auf die ratschende Säge.
„Wer … wer kommt da?“, fragte Nessina ängstlich.
„Das ist egal, Fräulein Nessina. Hauptsache, es gelingt den Unbekannten nicht, unser Reich zu betreten!“, meinte Frank Steinchen.
Luzilla wollte die Säge einfach abbeißen, doch Frank hielt sie zurück. „Nicht, die Bissspuren könnten die Eindringlinge noch neugieriger machen. Außerdem besteht für Sie Verletzungsgefahr.“
Baby-Drak überlegte kurz und sagte dann: „Ich habe irgendwo eine alte Kneifzange. Mein Urgroßvater hat damit anderen Vampiren immer die Zähne gezogen, wenn sie Schmerzen hatten. Wenn ich nur wüsste, wo sie ist!“ Der Vampir begann zu suchen, und zum ersten Mal fiel Max auf, dass der große Raum möbliert war. Es gab uralte, verstaubte Hocker, einen Lehnstuhl, einen Sessel, aus dessen Sitzfläche spitze Nägel ragten, zwei Särge, die jetzt als Schränke dienten, und mehrere Truhen.

Der dicke Vampir stöberte und stöberte und zog plötzlich eine neumodische Ledertasche aus einem Sarg. „Gehört die einem von euch?“, wollte er wissen. Die Monster betrachteten sie kurz und schüttelten die Köpfe. Baby-Drak öffnete den Beutel und warf einen Blick hinein.

„Bei Draculas hohlem Eckzahn!“, keuchte er. „Seht euch das an!“ Er griff mit seinen weißen Fingern hinein und zog dicke Banknotenbündel heraus – es waren lauter Hunderter.

„Wie kommt das viele Geld hierher?“, fragte Nessina staunend.

Baby-Drak zählte es mit seinen spitzen Fingernägeln durch und meldete: „Das sind 200 000 Euro! Dafür können wir die Geisterbahn sechsmal kaufen!“

„Fünfmal!“, verbesserte ihn Frank Steinchen sofort. „Doch wie ist das Geld hier hereingekommen?“

Max hatte einen Verdacht, und mit einem Schlag dämmerte ihm auch, wer die beiden Männer waren. Hatte seine Mutter nicht kürzlich von einem Banküberfall erzählt?

100
100 EURO
100 EURO
100

EINE SCHWERE ENTSCHEIDUNG

„Das ist die Beute eines Banküberfalles!", sagte er warnend.
„Was???" Die Monster wollten ihm nicht glauben.
„Ja, und die beiden Männer sind Bankräuber!"
Frank Steinchen hatte vier Gehirne im Kopf, aber er verstand trotzdem kein Wort.

„Wollen Sie am Ende behaupten, einer von uns macht mit Räubern gemeinsame Sache?"

Max schüttelte den Kopf. „Nein, nein, die Gauner haben ihre Beute bei euch nur versteckt. Damals, als ich zum ersten Mal in der Geisterbahn war, da war doch noch jemand da!"

Luzilla nickte heftig. „Stimmt, wir haben jemanden gehört, aber nicht mehr gesehen."

Max war jetzt alles klar. „Das war ein Bankräuber, der die Tasche mit der Beute hier versteckt hat."

Wolfgang Amadeus Werwolf rieb sich die haarigen Pranken. „Bestens, dann nehmen wir das Geld als Spende und kaufen damit die Geisterbahn!"

Max war damit nicht einverstanden. „Das könnt ihr nicht machen. Das ist schmutziges Geld."
Die Mumie schien anderer Meinung zu sein. „Sieht aber sehr sauber aus!", stellte sie fest. „Außerdem haben wir es gefunden und nicht gestohlen!"
Ein heftiger Streit entbrannte zwischen den Monstern. Sollten sie das gestohlene Geld behalten oder nicht? Mombo, der Werwolf und Luzilla waren dafür, der Rest dagegen.

Hinter ihnen splitterte es. Ein Teil der grünen Holzwand krachte in das Monsterwohnzimmer, und kalte Abendluft strömte herein. Die Ungeheuer blieben wie angewurzelt stehen und starrten auf die kleine, dicke, schwarze Gestalt im Lederanzug, die durch die Öffnung kroch.
Aus lauter Geldgier hatten sie die unerwünschten Besucher völlig vergessen.
Max ging hinter einem Lehnstuhl in Deckung.
Der Bankräuber richtete sich auf und klopfte den Staub von seinem Anzug. „Gleich wird er die Monster sehen und schreiend flüchten!“, hoffte Max.
Vergebens. Der Mann, der noch immer seinen Sturzhelm und eine dunkle Brille trug, hob den Kopf und blickte von einem Monster zum anderen.
„Was findet denn hier statt? Ein Kostümfest oder was?“, fragte er trocken. Als er bemerkte, dass Baby-Drak die Tasche in den Händen hielt, wurde er unruhig.
„Aha, wie ich sehe, habt ihr gefunden, wonach wir suchen. Wieso habt ihr Scherzbolde eigentlich so gut abgeschlossen? Habt ihr Angst, dass jemand diese dämliche Maskerade entdeckt, oder was? – Ich habe das da vor ein paar Tagen hier vergessen und will

es mir nun wiederholen!“, verkündete der Bankräuber und marschierte mit festen Schritten zu dem Vampir. Baby-Drak presste die Tasche fest an sich. „Nein“, sagte er trotzig.

„Was soll das? Willst du Ärger?“, knurrte der Mann. Das hätte er besser nicht gesagt. Von hinten trat der Werwolf zu ihm und ließ seine spitzen Reißzähne über die Lippen hängen. „Ärger kriegt hier gleich jemand anderes“, hauchte er ihm mit seinem fauligen Atem ins Gesicht.

Der Gauner versuchte, völlig ruhig zu bleiben.

„Mich beeindruckst du nicht!“

„So, auch nicht, wenn ich ein wenig von deinem Blut trinke?“, wollte Baby-Drak wissen.
Auch Zerbi kam nun näher und leckte sich gierig die Mäuler.
Langsam wurde dem Ganoven etwas mulmig. „Was soll das? Glaubt ihr, ich falle auf diesen Firlefanz herein?“, fragte er und streckte die Hand nach der Tasche aus.
Augenblicklich packten ihn Wolfgang Amadeus, Baby-Drak und Zerbi mit allen drei Köpfen. Der Mann war wie in einem Schraubstock und konnte sich weder wehren noch flüchten. Bei jeder Bewegung bekam er einen spitzen Zahn zu spüren, der sofort fester zubeißen konnte.

„Du wirst jetzt verschwinden und nie mehr wiederkommen, kapiert?", zischte die Mumie.
Max war aus seinem Versteck gekrochen und kam zu seinen Freunden. „Gut gemacht!", lobte er. „Aber ihr dürft ihn nicht laufen lassen, wir müssen ihn der Polizei übergeben. Samt Beute!"
Der Vampir, der Werwolf und der Höllenhund knurrten gleichzeitig. „Das Geld behalten wir!"
„Macht das nur", zischte der Gauner. „Dann werde nämlich ICH euch die Polente auf den Hals hetzen."
Max erschrak. Das hatte noch gefehlt. „Die Polizei darf euch nicht finden. Sonst weiß demnächst die ganze Stadt, dass ihr hier lebt, und es steht in allen Zeitungen!", warnte er. „Bitte, verzichtet auf das Geld und liefert den Kerl ab, damit er hinter Gitter kommt. Es gibt keine andere Möglichkeit!"

Langsam und widerwillig stimmten die Monster zu. Es fiel ihnen aber sehr, sehr schwer.
„Gut, bestens!“, atmete Max erleichtert auf. „Dann Abmarsch zur nächsten Telefonzelle. Von dort rufen wir die Polizei.“
„Aus diesem Plan wird nichts, Bürschchen!“
Erschrocken drehten sich alle Köpfe in Richtung Klapptür. Ein Mann hatte seinen Kopf durchgesteckt und kletterte langsam nach oben. Er trug ebenfalls einen Lederanzug und einen Sturzhelm und war sehr dünn.
„Der Komplize“, hauchte Max.
„Richtig, schlaues Kind!“, sagte der Mann höhnisch. „Ihr dachtet wohl, wir entdecken den Geheimgang nicht. Aber da habt ihr euch getäuscht. In Zukunft schließt den Kanaldeckel etwas leiser.“
In einer Hand hielt der zweite Ganove eine Pistole.
„Wir werden von euch jetzt nicht nur unser Geld bekommen“, sagte er drohend. „Nein, dieser freche Bengel wird uns auch begleiten, damit ihr uns bestimmt nicht folgt oder die Polizei ruft. Tut ihr das doch, werdet ihr ihn nie wiedersehen.
Und jetzt lasst meinen Kumpel los!“

Gehorsam wichen Baby-Drak, Zerbi und der Werwolf von dem Dicken zurück. Der dünne Gauner schnappte sich die Geldtasche und blickte die Monster prüfend an. „He, Willi … das sind schräge Vögel … ich meine … die sehen aus wie echt!“ Willi nickte unsicher.

Bei Max sträubte sich jedes Haar einzeln. Schon spürte er den kräftigen Arm des bulligen Bankräubers, der ihn von hinten schnappte und im Würgegriff hielt.
„Mitkommen und keine faulen Tricks!", zischte der Mann. Der andere hielt die Pistole mit einer Hand vorgestreckt und marschierte Schritt für Schritt an den erstarrten Monstern vorbei.
„Bitte, tut doch etwas!", flehte Max leise. Aber seine Freunde schienen wie versteinert zu sein.

Der Gauner mit der Pistole schritt vorbei an Frank Steinchen, an dem bibbernden Boris, an Nessina und an der Mumie. Er ließ den Werwolf hinter sich und erreichte schließlich Luzilla, die wie eine grüne Statue aussah.

„Siehst du, Willi, was so eine kleine Knarre alles ausmacht“, lachte er zufrieden.

Max wagte nicht, sich zu bewegen. Er spürte nur, wie der Bankräuber den Griff etwas lockerte, sodass die bloße Haut des Handgelenks seinen Hals berührte. Die Finger des Ganoven steckten in Handschuhen.
„Also dann, auf Wie…!“ Weiter kam er nicht. Blitzschnell und ohne Vorwarnung hatte Luzilla nach der Pistole geschnappt. Kräftig und lustvoll biss sie zu und verschlang die Waffe. Mit weit aufgerissenen Augen musste der Mann mitansehen, wie das Ungeheuer das schwere Ding aus Metall wie ein Stück Butter zerkaute und … verschluckte.
Max, durch Luzillas Beispiel mutig geworden, biss kräftig in das kleine Stück bloßer Haut. Der Dicke schrie vor Schmerz auf, riss den Arm in die Höhe, und Max war frei. Der Bankräuber ließ die Tasche fallen und krümmte sich vor Schmerz.

Wie auf Kommando stürzten nun alle Monster gleichzeitig auf die beiden Gauner und hielten sie eisern umklammert. Wolfgang Amadeus holte Ketten aus einer Kiste und fesselte damit die Männer. Gemeinsam schleppten die Ungeheuer die Ganoven ins Freie und schleiften sie bis zur Telefonzelle neben dem Karussell. Dort legten sie die beiden ab, und Max rief die Polizei. Bevor sie in die Geisterbahn zurückkehrten, warfen die Monster der Geldtasche noch einen wehmütigen Blick zu.

„Wir schaffen das auch so!", meinte Max und trieb sie zur Eile an. In der Ferne waren bereits die Sirenen der Einsatzwagen zu hören. „Die Polizisten werden Augen machen, wenn sie die beiden Bankräuber so fein verschnürt hier finden!", sagte Max triumphierend.

Nach der Rückkehr in die Geisterbahn vernagelte der Werwolf sofort das Loch in der Wand und sagte zu Max: „Junge, eines muss man dir lassen: Auch du hast den richtigen Biss!“

Baby-Drak kam zu ihm und meinte: „Vielleicht wird einmal ein guter Vampir aus dir. Ich könnte dir da ein paar Tipps geben, und wenn du Lust hast, dann beiße ich dich auch!“

Max wehrte erschrocken ab.

„Auf jeden Fall bist du ein echter Freund! Du hast uns gerettet und wir dich. Ich finde das sehr romantisch!“, flötete Luzilla.

Ans Nachhausegehen dachte Max im Augenblick nicht. Er musste sich erst einmal erholen. Außerdem beschlossen die Monster, sofort eine Party zu feiern.

„Ich habe noch ein wenig Essen, das sich bewegt!“, meldete Nessina stolz.
„Und ich werde frisches Mineralwasser pressen!“, meldete Boris und machte sich daran, mit seinen riesigen Händen Pflastersteine auszuquetschen.
„Und ich … ich mache einen Pudding aus frischen Schrauben!“, rief Luzilla.
Nessina hatte Hunger auf Spaghetti Loch Ness, die aus lebendigen Würmern bestanden, und Boris erhielt zur Feier des Tages eine frische Batterie.

Es wurde ein rauschendes Fest, bei dem Max zwar nichts essen wollte, dafür aber Baby-Draks Vampirtanz lernte und von Wolfgang Amadeus Werwolf eine stinkende Kette aus braunen Werwolfszähnen geschenkt bekam.
„In Vollmondnächten beginnen sie zu klappern!", verriet der Wolfsmensch stolz.
„Das richtige Geburtstagsgeschenk für Dodo!", dachte Max grinsend.
Die vergangenen drei Tage hatten ihn völlig geschafft. Er brauchte dringend eine Verschnaufpause. Dabei wusste er, dass die Aufregungen und Abenteuer erst begannen.
Was würde geschehen, wenn Karla Kätscher aus Schottland zurückkehrte?
Würde die Idee mit den Miet-Monstern tatsächlich klappen?
Würde sich Dodo an ihm rächen?
Würden es die Monster schaffen, so viel Geld zu verdienen, um die Geisterbahn zu kaufen?
Fragen über Fragen. Aber Max sollte schon bald Antworten bekommen. Im Augenblick aber ließ er sich von den Ungeheuern feiern und dachte stolz:
„Das sind alle meine Monster! Meine Monster-Freunde! Und ich habe sie monstermäßig gerne!"

ISBN 978-3-7641-5045-7

Wie es mit Max und seinen Monsterfreunden weitergeht, erfahrt ihr in:

GRUSELN AUF DEM STUNDENPLAN

So viel sei verraten:
Solche Schulstunden in echt,
wären nicht schlecht!

Alter
stammt aus dem 20. Jh.
Besondere Kennzeichen
Immer auf der Suche nach neuen Abenteuern.
Mag nicht
Monsterquäler
Mag gerne
elektronische Geräte

Thomas Brezina

Luzilla

Alter
33 Jahre
Besondere Kennzeichen
Kann wie ein Chamäleon ihre Farbe wechseln und ist sehr eitel.
Mag nicht
Lärm und schreiende Menschen. Gerät sofort in Panik.
Mag gerne
Schnelle Autos, Schraubenschlüssel und Türklinken. Das ist ihr Lieblingsfutter.

Frank Steinchen

Dr. Frankensteins kleinerer Bruder

Alter
gebaut im Jahre 1877
Besondere Kennzeichen
Drückt sich sehr gewählt aus und siezt jeden. L
Rechnungen schneller als jeder Taschenrechne
Mag nicht
Lehrer und Schulen
Mag gerne
Friedhöfe

Boris

Frankensteins erstes Monster

Alter
Sein Kopf ist 144, seine Arme und Beine 142, sein Körper 143 und sein Hirn 102 Jahre alt. (Das Hirn musste nämlich einmal ausgewechselt werden, weil es nicht mehr funktioniert hat.)
Besondere Kennzeichen
Hat Nase und Ohren eines Hundes und kann in seinen Händen Glühbirnen zum Leuchten bringen. Manchmal tritt bei ihm ein Wackelkontakt auf.
Mag nicht
Wasser, da seine elektrischen Bestandteile schnell rosten.
Mag gerne
Strom